Daniel Wehnhardt

Die Brut der Wölfe

Handlung und Figuren dieses Romans entspringen der Phantasie des Autors. Ebenso die Verquickung mit tatsächlichen Ereignissen. Darum sind eventuelle Übereinstimmungen mit lebenden oder verstorbenen Personen zufällig und nicht beabsichtigt. Nicht erfunden sind bekannte Persönlichkeiten, Personen der Zeitgeschichte sowie Institutionen, Straßen und Schauplätze in Kassel und im Umland.

Originalausgabe März 2018

Titelfoto:
Wolfsnacht: © starblue - fotolia
Kapuzenmann: © chainat - fotolia
Wolf-Tattoo: © spravedliviy86 - fotolia

Druck: Totem, Inowroclaw, Polen

ISBN: 978-3-95475-166-2
www.prolibris-verlag.de

Daniel Wehnhardt

Die Brut der Wölfe

Kassel-Krimi

Prolibris Verlag

Der Autor

Daniel Wehnhardt, 1984 in Fürstenhagen geboren, studierte in Kassel Spanisch und Politikwissenschaft und ist nun angehender Lehrer. Er ist Gewinner diverser Literaturwettbewerbe. 2016 erschien mit »Verpressung« sein erster Kassel-Krimi. In seiner Freizeit widmet er sich der Literatur und den asiatischen Kampfkünsten.

Für meinen Vater,
der mir in so vielen Belangen des Lebens
ein Vorbild ist.

PROLOG

Die Wölfe saßen im Kreis und stimmten ab. Das Ergebnis war eindeutig: Morgen sollte es passieren.

In ihrer Mitte lag eine Pistole: eine Česká ČZ 75, Kaliber 9 mm, halbautomatisch. Daneben ein leeres Magazin. Heß, ihr Anführer, nahm es in die Hand. Eine nach der anderen presste er die metallisch glänzenden Patronen in die schmale Öffnung. Die anderen schauten ihm stumm dabei zu.

Als er fertig war, schob Heß das volle Magazin zurück in den Schacht. Es klickte, und jetzt schenkte der Leitwolf seinem Rudel ein zufriedenes Lächeln. »Jedem ist klar, was er zu tun hat?«

Alle nickten.

Bis auf Alex. Der starrte nur auf die Pistole und versuchte, den Blicken der anderen auszuweichen. Denn er wusste, dass jetzt alles ganz allein von ihm abhing – und das, obwohl es gar nicht seine Idee gewesen war. Ausgedacht hatte es sich Göring, den sie so riefen, weil er nicht nur genauso fett und aufgedunsen aussah wie sein Vorbild, sondern auch dessen Vorliebe für schicke Uniformen mit mächtig viel Lametta teilte.

Göring hatte alles minutiös geplant. Ihn, Alex, hatten sie hingegen schon vor Wochen zum Täter auserkoren. »Du bist der Richtige«, hatte Heß nach der Abstimmung gesagt und Alex dabei mehrmals auf die Schulter geklopft, als wollte er ihm damit etwas einhämmern. Dafür würde ihm das ganze Land zu Füßen liegen. Sein Name würde für immer mit dem Schicksal Deutschlands verbunden sein.

Davon hatte Alex schon immer geträumt: respektiert zu werden. Sich nicht mehr wie der Fußabtreter eines Lebens zu fühlen, das ihm seit seiner Geburt den Mittelfinger zeigte. Teil etwas Großen zu sein. Etwas, wofür es sich zu kämpfen lohnte – und sogar zu sterben.

Aber einen anderen Menschen einfach so zu erschießen? Selbst zum Mörder zu werden, auch wenn man es vermeintlich für ein Ziel tat, hinter dem man mit voller Überzeugung stand? Nein. Alex kam das falsch vor. Warum hatten die Wölfe nicht einen der anderen dafür auserkoren? Zum Beispiel Göring, der ja für jedes Detail des Plans verantwortlich zeichnete. Oder Speer, der als aktiver Sportler in Alex' Augen perfekt für diesen Auftrag gewesen wäre.

Und was würde seine Großmutter überhaupt dazu sagen? Die Frau, bei der Alex aufgewachsen war. Die sich seiner angenommen hatte, als von einem Augenblick zum nächsten niemand anderer mehr da gewesen war, der sich um ihn hätte kümmern können. Sie jetzt im Stich zu lassen, das wollte Alex ihr einfach nicht antun. Nach allem, was seine Großmutter für ihn geopfert hatte, würde sich das für sie sicherlich wie ein brutaler Schlag ins Gesicht anfühlen.

Trotzdem würde er ohne Weiteres nicht aus der Sache herauskommen. Vielleicht könnte er einen Weg finden, die Erwartungen der Wölfe zu erfüllen, ohne dabei ihren Plan wirklich auszuführen? Doch eine Sache war ihm klar: Damit ihm dies gelang, musste er zunächst alles tun, um das Vertrauen des Rudels nicht zu verspielen. Er musste sich Zeit erkaufen.

Deshalb blickte Alex den anderen ins Gesicht ... und nickte. Heß, der immer noch zufrieden lächelte, packte die Česká am Lauf und streckte ihm das Griffstück entgegen. Die Augen des

Leitwolfs funkelten, als ob er seinem Gegenüber eine Reliquie überreicht hätte. Als ob er damit die gesamte Verantwortung in Alex' Hände übergeben wollte.

Zusammen stimmten die Wölfe in ihr Geheul ein.

1

Immer wieder sah er sich um. Keiner der Gäste im großen Saal der Mehrzweckhalle interessierte sich für ihn. Alle hingen aufmerksam an den Lippen des Mannes, der vorne auf dem Podium stand und seine energische Rede hielt. Verfolgten entspannt das Geschehen, mit Wasser-, Bier- oder Weingläsern in den Händen, und aßen die belegten Brötchen, die man ihnen zur Begrüßung an der langen Theke im Foyer gereicht hatte. Niemand schöpfte auch nur den geringsten Verdacht. Die perfekte Ausgangslange für seinen Plan.

Langsam tastete er mit seiner Hand unter den Sweater. Dorthin, wo die Česká zwischen dem Hosenbund und seinem Rücken klemmte. Das kalte Metall, über das er mit seinen Fingern glitt, erinnerte ihn an seine Mission. Schweiß lief ihm ins Gesicht. Mit zittrigen Fingern wischte er sich über die feuchte Stirn.

Dann schaute er nach vorn. Auf den großen, stämmigen Mann mit dem krausen Haar und dem wildwüchsigen Ziegenbart, der zum heutigen Anlass ein cremeweißes Hemd ohne Krawatte trug und darüber ein dunkelgrünes Jackett. Damit sah er fast genauso aus wie auf den Fotos, die die anderen ihm immer wieder gezeigt hatten. Bis er überzeugt war, jedes Grübchen, jede Falte und jede Haarsträhne des Mannes wiederzuerkennen.

Eigentlich hatte er jetzt schon viel zu lange gezögert. Alles hätte bereits vorbei sein sollen. Denn ihr Plan hatte anders ausgesehen: »Warte, bis er an der Reihe ist«, hatten sie ihm gesagt, »dann schlägst du eiskalt zu.«

Doch so kalt, wie er sein sollte, war er einfach nicht. Ein Gefühl, als ob die Pistole, die an seinem Rücken klebte, ihn nach unten zog wie ein Anker. Das ihn daran hinderte, den entscheidenden Schritt zu tun. In der Theorie hatte alles noch so einfach geklungen: Aufspringen. Schießen. Abhauen.

Außerdem: Was würde er tun, wenn etwas schiefging? An dieses Szenario hatte er bisher erst wenige Gedanken verschwendet. In seiner Vorstellung war immer alles glattgelaufen, inklusive der Flucht auf dem Motorrad. Bis die Bullen ausgerückt wären, würde er schon längst mit Rotz, der draußen auf ihn wartete, davongedüst und wieder im Wald verschwunden sein. Aber was, wenn er sich irrte? War es nicht so, dass bei derartigen Vorhaben nie alles nach Plan verlief?

Dann erinnerte er sich an den Anruf aus dem Krankenhaus. Sie hatten ihn frühmorgens auf dem Handy erreicht, als er gerade an der Mauerstraße in den Bus gestiegen war und sich auf den Weg zur Arbeit gemacht hatte. Seine Großmutter sei vor einer Stunde ihrem Kampf erlegen, hatte ein Arzt gesagt, dessen indisch klingender Name ihm völlig fremd gewesen war. Schon bei seinem letzten Besuch im Krankenhaus hatte es so gut wie keine Hoffnung mehr gegeben. Für die Ärzte war es nur noch eine Frage der Zeit gewesen.

Diese Gedanken schoben all seine Zweifel beiseite. Wie der Wind, der die dunklen Wolken am sturmgepeitschten Himmel verjagt. Als wäre seine Angst mit einem Mal verschwunden. Übrig blieb nur die Wut. Der Hass auf die Welt. Auf das Leben. Auf alles.

Entschlossen sprang er auf, riss die Pistole hinter seinem Rücken hervor und legte an.

»Hass ist unser Gebot und Rache unser Feldgeschrei!«, brüllte er aus vollem Hals in den Raum hinaus.

Mit lautem Knall schoss der Verschluss der Pistole vor und zurück.

2

Linke Gerade, rechte Gerade. Jab, Jab, Jab. Dann Front-Kick, Side-Kick. Rechter Haken, linker Haken, Roundhouse-Kick.

André Jäger prügelte auf den Sandsack ein wie ein Verrückter. Schweiß lief ihm in Strömen am Körper herunter, und bei jedem Schlag atmete er kräftig aus. Seine Kicks trafen mit solcher Wucht, dass die Aufhängung über seinem Kopf quietschte und knarrte. Klänge, als ob der Sandsack um Gnade winselte.

Doch diesmal half alles nichts. Egal wie wild Jäger auch zuschlug, es verschwand trotzdem nicht. Das Gesicht, das mitten in der Nacht aufgetaucht war, sodass er kein Auge mehr zugemacht hatte. Ayhans Gesicht, Sekunden vor seinem Tod.

Der fragende Blick: Warum hast du mir nicht geholfen? Warum hast du nur dagestanden und nichts getan? Warum hast du nicht eingegriffen?

Fragen, die Jäger sich selbst immer wieder stellte – und auf die er bis heute keine Antwort wusste. Fragen, die schon vor vielen Jahren zu seinen Begleitern geworden waren und ihn belästigten, wann immer es ihnen passte. Meistens jedoch, wenn sie ihm den Schlaf rauben konnten.

Manchmal half das Training, sie zum Schweigen zu bringen. Dann stellte Jäger sich vor, der Sandsack sei er selbst, und drosch auf ihn ein, bis seine Arme nur noch am Körper herunterhingen wie zwei labbrige Spaghetti. Meistens hatte er dann wenigstens für ein paar Stunden Ruhe.

Doch heute gelang es ihm nicht. Obwohl Jäger sich schon seit über einer Stunde quälte, wollte das Gesicht einfach nicht aus seinem Kopf. »Fuck!«, schrie er und warf alles in einen letzten Schlag.

So lief es immer an den Jahrestagen von Ayhans Tod. Meistens half dann nur noch eins. Ein Treffen mit seinem einzigen verbliebenen Freund, der stets ein offenes Ohr für ihn hatte: Mister Jack Daniels.

Jäger riss sich die Boxhandschuhe von den Fäusten, pfefferte sie gegen die Wand und schnaufte zu den Duschen. Das eiskalte Wasser prickelte auf seiner Haut und holte ihn für einen Moment aus seinen Gedanken.

Als er fertig geduscht hatte, wickelte er sich ein Handtuch um die Hüften, setzte seine Sonnenbrille und den grauen Stetson auf und ging mit einem Glas Whiskey nach draußen auf die Veranda. Während die Sonne Gran Canarias seinen nassen, durchtrainierten Körper trocknete, spielten seine Finger gedankenverloren mit dem Amulett, das an einer Silberkette um seinen Hals baumelte.

Jägers Blick schweifte über die Bucht der Bahía Feliz. Seit fünf Jahren lebte er nun hier, auf der Insel des ewigen Frühlings. Zum Glück weit genug entfernt von den Hotels, Appartements und Bungalows im sonnenverwöhnten Süden. Dort, wo sich die fettbäuchigen Deutschen, Russen und Engländer tagsüber ihre kalkweiße Haut zu einer krebsroten Pelle verbrannten und sich abends in den Bierstuben, Pubs und Diskotheken den letzten Rest Verstand wegsoffen. Es kam nicht selten vor, dass Jäger sich für seine Landsleute schämte, wenn er sah, wie sie sich hier in ihrem Urlaub benahmen.

Deshalb suchte er sich die Leute, an die er seine Wohnung im Untergeschoss vermietete, ganz genau aus. Meistens kamen nur Radfahrer zu ihm, die sich tagelang die Berge hochquälten und kaum zu Hause waren, oder ältere Wanderenthusiasten. Guidis, wie die Canarios die vergnügungsgeilen Touristen nannten, ließ er hingegen auf keinen Fall ins Haus.

Zu ihnen hatten die Einheimischen ein zwiespältiges Verhältnis. Natürlich brachten die Touris Unmengen Cash herein, von dem fast die gesamte kanarische Wirtschaft abhing. Auf der anderen Seite zerstörten sie aber auch Stück für Stück ihre wunderschöne Insel. Diesen facettenreichen Miniaturkontinent, wie man Gran Canaria wegen seiner Vielfältigkeit nannte. Ein Schandfleck waren die Guidis allemal, und diese Meinung der Inselbewohner teilte Jäger schon seit der ersten Woche in seiner neuen Wahlheimat.

Er selbst mochte es hingegen lieber ruhig. Fuhr gerne mit dem Bus Richtung Norden, wanderte über die vulkanischen Berge und genoss die Natur. Kehrte am Nachmittag in einem der gemütlichen Städtchen wie Agaete, Arucas oder Teror ein, schlürfte dort ein süffiges *Tropical* Bier und gönnte sich *papas arugadas* mit *mojo.* Jene kanarische Spezialität, für die sein Herz ganz besonders schlug: in Salzlauge gekochte Runzkartoffeln mit scharfer Paprika-Soße.

Damals, vor fünf Jahren, wäre Jäger am liebsten ans andere Ende der Welt gezogen. So weit wie möglich weg von allem. Doch als er dann im Internet auf das Kaufangebot einer Finca auf Gran Canaria gestoßen war, musste er einfach zuschlagen. Wer wusste schon, wie oft man eine solche Chance bekam? Viertausend Kilometer Luftlinie werden schon reichen, hatte er damals gedacht. Heute wusste er, dass keine Entfernung jemals groß genug gewesen wäre.

Was wohl gerade so in Kassel los war? Schon seit Längerem hatte Jäger nicht mehr in die HNA geschaut. Seitdem er Deutschland den Rücken gekehrt hatte, waren ihm als einzige Verbindung in sein altes Zuhause lediglich die Artikel der regionalen Tageszeitung geblieben. Doch auch damit beschäftigte er sich nur noch selten.

Jäger nippte an seinem Whiskey und griff nach dem Tablet, das vor ihm auf dem Beistelltisch lag. Er startete die App, und nur wenige Sekunden später war das E-Paper geladen.

Als er die Überschrift las, stockte ihm der Atem.

3

Wie immer hatten die Wölfe bis zum Einbruch der Dunkelheit gewartet. Zur Sicherheit hatte sich jeder in einem anderen Lager aufgehalten und war erst zur vereinbarten Zeit aus seinem Versteck gekrochen. Nur so ließ sich die Gefahr, dass man sie alle gemeinsam an einem Ort aufspürte, so gering wie möglich halten.

Schon kurz nachdem sie in dieser Nacht zusammengekommen waren, entbrannte eine hitzige Debatte. Einzig Heß, der Leitwolf, lehnte unbeteiligt an einem Baum und blickte nachdenklich in die Finsternis.

»Scheiße!«, fluchte Speer. Sein Wutanfall schoss als Echo zwischen den Bäumen umher. Der Architekturstudent tigerte auf und ab und warf den anderen, die auf dem Waldboden kauerten, einen seiner gefürchteten Blicke zu. Während er sprach, flog der Mjölnir an seiner Kette wild durch die Luft: Die magische Waffe des germanischen Donnergottes Thor. »Was zum Teufel ist da schiefgelaufen?«

»Ich ... ich weiß nicht, wwwarum das passiert ist«, stotterte Rotz, den sie so nannten, weil ihm aus unerklärlichen Gründen ständig die Nase lief. »Ich stand mit dem Motorrad vorm Eingang und hab gewartet, wie geplant.«

»Sieh einer an, unser Stottermax ...«

Speer beugte sich zu ihm hinunter und fletschte die Zähne. Während er Rotz in die Augen sah, ließ er unter dem T-Shirt seine Brustmuskeln auf und ab tanzen. Rotz, der im Schneidersitz kauerte, zuckte zusammen und wischte mit dem Handrücken unter seiner Nase entlang.

»Mann, lass doch die Scheiße!«, mischte Göring sich ein. Mit großer Kraftanstrengung wuchtete er seinen massigen Körper hoch. Auch Goebbels schob sich zwischen die Streithähne. Wegen seines Hinkebeins, mit dem er wie so oft auch jetzt beim Aufstehen zu kämpfen hatte, war den Wölfen damals die Wahl seines Decknamens nicht besonders schwergefallen.

Speer faltete seine Hände ineinander und ließ seine Finger lautstark knacksen. »Ich will nur wissen, ob diese Pussy hier –«

»Schluss!«, funkte Heß plötzlich dazwischen. Mit einer schnellen Bewegung schoss der Leitwolf zu seinem aufgescheuchten Rudel herum. Während er jedem von ihnen eine Zeit lang in die Augen sah, fuhr er mit einem Finger langsam seine Narbe entlang. Die ewige Erinnerung an seine erste Knast-Schlägerei, bei der sein Zimmernachbar hinterrücks ein Messer gezückt und ihm einmal quer durchs Gesicht geschlitzt hatte.

»Goebbels hat Recht«, sagte Heß mit der für ihn typischen Bestimmtheit, die keinen Widerspruch duldete. »Ich brauche euch nicht daran zu erinnern, dass die Aktion anders geplant war. Warum unser Psycho trotzdem auf einmal wie Billy the Kid um sich geballert hat?« Er zuckte die Schultern.

»Aaaalso, was sollen wir jetzt tun?«, fragte Rotz. »Bbbbblasen wir alles ab?«

»Das könnte dir so passen«, fauchte Speer. Er ballte die Faust und schoss nach vorne wie ein Sprinter vom Start.

Heß zog ihn an der Schulter zurück. »Wir machen weiter wie geplant.«

Göring verzog die Augenbrauen. Auch Goebbels warf dem Leitwolf einen skeptischen Blick zu.

»Hältst du das für 'ne gute Idee?«, fragte Göring. »Immerhin könnten sie jetzt Wind von der Sache bekommen haben.«

Heß hob seinen Kopf und blickte durch die Baumkronen hindurch zum Himmel. In der Luft lag der Duft nach Regen. Eine dichte Wolkendecke schwebte über ihnen, und alles sprach dafür, dass sich in diesem Moment ein heftiges Gewitter zusammenbraute.

»Wir machen weiter wie geplant«, wiederholte Heß. »Nichts wird uns von der Mission abbringen.« Er sah den anderen tief in die Augen. »Und wenn wir dabei draufgehen.«

4

Mit geschultem Blick, wie er ihn während seiner Polizeiausbildung gelernt hatte, scannte Jäger den Artikel nach wichtigen Informationen.

Vor zwei Tagen hatte der erst vierundzwanzigjährige Alexander Klein bei der Eröffnungsfeier eines Heims für unbegleitete minderjährige Flüchtlinge in Vellmar plötzlich eine Pistole gezogen und wild um sich geschossen. Augenblicklich hatte sich Panik in dem Saal der Mehrzweckhalle ausgebreitet, sodass Dutzende Menschen bei ihren verzweifelten Versuchen, zu den Notausgängen zu gelangen, niedergetrampelt und viele von ihnen lebensbedrohlich verletzt worden waren. Andere hatten mit ihren Stühlen die rückwärtige Glasfront eingeworfen und stürzten in Todesangst nach draußen. Sie alle standen so unter Schock, dass sie die tiefen Schnitte durch die von den Fensterrahmen herabhängenden Scherben erst Minuten später spürten.

Kleins erste, äußerst präzise Schüsse galten Gerhard Heinemann-Koch, der gerade seine Eröffnungsrede hielt. Die Projektile schlugen in seinem Oberkörper ein, durchsiebten den Brustkorb und zerfetzten so große Teile der Lunge, dass er noch auf dem Weg ins Krankenhaus buchstäblich an seinem eigenen Blut ertrank.

Trotz der tumultartigen Szenen bewahrte eine Gruppe wachsamer Männer aus den vorderen Reihen einen kühlen Kopf. Nachdem sie sich inmitten des ohrenbetäubenden Geschreis kurz besprochen hatten, nahmen sie den gesamten Mut ihrer Verzweiflung zusammen und kämpften sich durch ein Meer an herumfliegenden Handtaschen, umgestoßenen Stühlen und schockgefrorenen Gästen einen Weg zum Attentäter frei.

Während die Männer voranstürmten, feuerte Klein auf sie ein. Mit gezielten Kopfschüssen streckte er drei von ihnen nieder. Begleitet von grellem Geschrei spritzten Fontänen aus Blut und Gehirnmasse auf die Kleidung und die Gesichter der flüchtenden Gäste.

Dann, nur einen Wimpernschlag bevor die übrigen Männer ihn überwältigt hätten, öffnete Klein plötzlich seinen Mund. Schob den Pistolenlauf hinein, schloss die Augen ... und drückte ab. Mit lautem Knall nahm das Attentat in Vellmar ein genauso blutiges Ende, wie es begonnen hatte.

Natürlich gab es so kurz nach der Tat erst wenige belastbare Informationen. Trotzdem hatte die Polizei bereits einen Tag später auf einer Pressekonferenz verkündet, dass es sich bei Alexander Klein um einen verwirrten Einzeltäter gehandelt habe. Die Tatwaffe, ein veraltetes tschechisches Modell, habe er vermutlich über das Darknet bezogen. Zu seinen Motiven wollte die Polizei hingegen noch keine Aussage treffen und erst die weiteren Ermittlungen abwarten. Aus gesicherter Quelle habe man jedoch erfahren, dass Klein sich bis vor Kurzem noch in psychotherapeutischer Behandlung befunden hatte. Der Grund werde derzeit noch geklärt.

Auch Markus Pollak, der Pressesprecher des Hessischen Landesamtes für Verfassungsschutz, hatte ein kurzes Statement abgegeben. Demnach lägen dem Amt derzeit keine Hinweise vor, dass Klein Unterstützung bei der Tat erhalten habe. Der Täter sei vorher weder bekannt gewesen, noch habe er nach bisherigen Informationen Kontakte zu irgendwelchen extremistischen Gruppierungen gepflegt. An der These, dass es sich um einen verwirrten Einzeltäter handeln musste, äußerte Pollack nicht den geringsten Zweifel.

Nachdem Jäger fertiggelesen hatte, scrollte er weiter nach unten zu einem Kommentar: »Man muss nicht in eine Glaskugel schauen, um zu erahnen, was den Attentäter angetrieben hat«, schrieb David Wächter. Von dem Nachwuchs-Journalisten hatte Jäger schon diverse Beiträge gelesen, seit er vor drei Jahren mit einem Enthüllungsartikel über das Kasseler Unternehmen *WerraSalz* zum ersten Mal auf sich aufmerksam gemacht hatte.

Dass die Schüsse während der Eröffnungsfeier eines Heims für unbegleitete minderjährige Flüchtlinge gefallen waren, stellte für den Redakteur einen deutlichen Hinweis auf das Motiv des Täters dar. Auch die Tatsache, dass es den Geschäftsführer des Caritas-Verbands getroffen hatte, könne doch kein Zufall gewesen sein. Schließlich habe Heinemann-Koch sich in der Vergangenheit stets in besonderem Maße für die Aufnahme von Flüchtlingen starkgemacht und an die christliche Nächstenliebe appelliert. Das Grundrecht auf Asyl sei für ihn unantastbar, hatte er immer wieder betont, und war mit dieser Haltung zunehmend in die Kritik geraten. Für David Wächter lag die Sache auf der Hand: Alexander Klein musste ein fremdenfeindliches Motiv besessen haben.

Jäger legte das Tablet wieder zur Seite und seufzte. Natürlich hatte er trotz der Entfernung mitbekommen, dass ganz Nordhessen unter der wachsenden Zahl von Flüchtlingen ächzte. Von einer *Kagida*-Demonstration nach der anderen war in der HNA die Rede gewesen. An manchen Tagen brachte Jäger sogar Verständnis dafür auf, dass nicht jeder mit der Politik der offenen Grenzen einverstanden war. Aber dass jemand einen anderen Menschen einfach kaltblütig erschoss, weil dieser sich für Nächstenliebe einsetzte? Dass man statt zu diskutieren zur Waffe griff und sein Gegenüber abknallte, ohne mit der Wimper zu zucken? Was zum Teufel war nur mit dieser Gesellschaft passiert?

Das Klingeln seines Handys riss Jäger aus seinen Gedanken. Um diese Uhrzeit konnte das eigentlich nur einer seiner Kickbox-Schüler sein. Oder vielleicht doch ein neuer Mietinteressent? Das wäre ihm durchaus gelegen gekommen, denn in den letzten Wochen, nachdem er seine Abfindung bis auf den letzten Cent für Schnee verballert hatte, war es kohlemäßig doch ziemlich eng geworden. Gegen eine kleine Finanzspritze hatte er also nichts einzuwenden.

Jäger sprintete ins Haus. Er fand das Smartphone, das immer noch vor sich hin plärrte, auf dem Küchentisch. Vergraben unter dem Berg mehrerer Ausgaben des Wochenblatts, der deutschsprachigen Zeitung der kanarischen Inseln, die er im Abonnement bezog. Als er den Namen las, der auf dem Display blinkte, zuckte Jäger zusammen.

Das letzte Mal hatte er ihn vor fünf Jahren gelesen.

5

»Na, Stahlfaust, was treibste so?«

Die Stimme von Robert Haas hatte sich nicht verändert. Noch immer klang er wie ein Grizzly im Stimmbruch. Den Spitznamen *Stahlfaust* hatte er Jäger bereits kurz nach ihrer ersten Begegnung verpasst. Eine wenig subtile Anspielung auf Jägers kräftige Schlaghand, der er während seiner aktiven Kickbox-Zeit einige seiner K.-o.-Siege verdankt hatte.

Schon damals, als sie noch Kollegen gewesen waren, hatte Haas es immer nur schlecht verbergen können, wenn er etwas Bestimmtes wollte. Um sich zu erkundigen, wie es Jäger so ging, rief er jedenfalls mit Sicherheit nicht an, so viel stand fest.

»Was willst du?«, zischte Jäger.

»Nur mal hören! Ist lang her, dass wir –«

»Nicht lang genug, wenn's nach mir geht.«

Jäger konnte die Überraschung sogar durchs Telefon spüren. Wahrscheinlich hatte Haas nicht mit einer solchen Feindseligkeit gerechnet. Aber was erwartete er? Nach all den Jahren, in denen er sich einen Dreck dafür interessiert hatte, wie es Jäger nach seiner Kündigung ergangen war? Und das, obwohl sie lange Zeit so eng zusammengearbeitet hatten. Ein echtes Team gewesen waren, fast wie Brüder.

»Hör zu«, setzte Haas nach einer Weile wieder an. »Ich weiß, ist viel passiert damals. Der alte Knochen hatte dich einfach auf der Liste. Was hätte ich da schon für dich tun können?«

»Hm-hm«, brummte Jäger.

Klaus Nolden, damals Leiter des Dezernats *Rechtsextremismus* beim hessischen Landesamt für Verfassungsschutz, hatte sich vom ersten Tag an um die Auszeichnung als Arschloch des Jahres beworben. Mehr als einmal waren Jäger und er während seiner Zeit als verdeckter Ermittler aneinandergeraten. Im Nachhinein grenzte es fast an ein Wunder, dass Jäger seinem Vorgesetzten nie eine Kostprobe seiner Kickbox-Fähigkeiten zuteilwerden lassen hatte.

Immer wieder hatte Nolden ihn gewarnt, dass er ihn wegen seiner intensiven Kontakte in die muslimische Gemeinde vor die Tür setzen würde. Eines Tages machte er seine Drohung schließlich wahr. Eine Abfindung wurde Jäger nur ausgezahlt, weil er schriftlich sein *freiwilliges Ausscheiden* aus dem Dienst des Landes Hessen erklärte. Nolden hatte ihn fein säuberlich entfernt, ohne Spuren zu hinterlassen. Wie ein Chirurg mit seinem Skalpell.

»Also, warum rufst du an?«, fragte Jäger.

Haas räusperte sich. »Haste von dem Anschlag gehört?«

»In Vellmar?« Haas brummte zustimmend. »Verwirrter Einzeltäter? Keine Kontakte ins Milieu?«

»Sieht ganz so aus. Wenn da nicht diese ... Sache ... wäre.«

Jäger hörte das Klicken eines Feuerzeugs. Offenbar rauchte Haas noch immer seine widerwärtigen Zigarillos mit Vanillegeschmack. Sofort lag Jäger wieder der ganz spezielle, süßliche Duft in der Nase, der ihn früher so oft den letzten Nerv gekostet hatte. Was war er froh, dass er mit dem *Schlot*, wie sie Haas intern gerufen hatten, kein Büro mehr teilen musste.

»Wovon sprichst du?«, fragte Jäger.

»Nun, der Junge hat vor seinem ersten Schuss noch etwas in die Menge gebrüllt.« Haas blätterte hörbar in seinen Unterlagen. »Hass ist unser Gebot und Rache unser Feldgeschrei. Klingelt's da bei dir?«

Jäger ließ den Satz einen Moment lang auf sich wirken, während er sich nachdenklich durch seinen Stoppelbart fuhr. Doch so lange er auch seine grauen Zellen bemühte, wusste er mit diesem Satz immer noch nichts anzufangen.

»Ist mir jedenfalls sofort ins Auge gestoßen«, erklärte Haas weiter. »Aus diesem Grund habe ich dann mal Tante Google gefragt: Sagen dir die Werwölfe etwas?«

Jäger verkniff das Gesicht. »Diese deutschen Partisanen im Zweiten Weltkrieg?«

»Genau die. Der Satz stammt aus der ersten Rundfunkansprache von Joseph Goebbels auf dem Sender Werwolf.«

»Scheiße«, flüsterte Jäger.

Schon als Jugendlicher hatte er sich intensiv mit der deutschen Nazi-Vergangenheit beschäftigt. Über die Werwölfe wusste er, dass sie 1944, etwa ein Jahr vor Kriegsende, von Himmler ins Leben gerufen worden waren, um hinter den feindlichen Linien der vorrückenden Alliierten Sabotageakte zu verüben. Den Sender Werwolf hatte Goebbels kurz nach der Gründung der Truppe aufgebaut. Bis auf wenige Operationen blieben die Werwölfe jedoch ein reiner Propaganda-Erfolg. Denn es hatten sich nicht nur viel zu wenige Freiwillige gemeldet, sondern diese waren auch noch unzureichend bewaffnet und ausgebildet worden.

»Du weißt, was das bedeuten könnte?«, fragte Haas.

»Ist keine Raketenwissenschaft«, antwortete Jäger. In der Tat musste man nur eins und eins zusammenzählen.

»Ich hab da so 'n verdammtes Bauchgefühl«, führte Haas weiter aus, »und das verrät mir: Der Junge hat das Ding nicht alleine durchgezogen. Mir stellen sich da einfach zu viele Fragen: Wie ist er an die Knarre gekommen? Wo zum Teufel hat der Mistkerl so gut schießen gelernt?«

»Wisst ihr denn schon was?«

»Pfff, einen Scheiß wissen wir.«

Mit einem Mal wurde Jäger klar, was wohl der wahre Grund dieses Anrufs war. »Du willst mich doch nicht etwa …?«

Haas atmete lang und kräftig ins Telefon. »Hör zu: Niemand kannte die Szene so gut wie du, André. Du warst der Beste, den wir jemals hatten.«

»Und was ist mit Nolden? Der geht doch hoch wie ein HB-Männchen, wenn er das hört.«

»Ist abgesägt«, erklärte Haas. »Ritsch, ratsch! Der alte Knochen wollte es wohl noch mal wissen und hat an der Frau vom Präsidenten genascht.« Auf Jägers Lippen bildete sich ein zaghaftes Lächeln. »Jedenfalls sitzt er seinen Hintern jetzt irgendwo im Elften in der Verwaltung platt.«

»Und der Neue?«

Haas lachte lauthals. »L'état, c'est moi, mein Freund.«

Jäger zuckte überrascht zusammen. Über die Jahre hatte es sein ehemaliger Kollege also sogar bis zum Dezernatsleiter geschafft. Aber hätte er selbst das auch werden können, wenn er Nolden nur noch ein bisschen länger die Stirn geboten hätte? Davon hatte Jäger ja immer geträumt: Ganz oben auf der Leiter zu sein. Wirklich etwas ausrichten zu können. Die Welt ein Stück besser zu machen.

Noch bevor er einen knappen Glückwunsch über seine Lippen quälen konnte, ergriff Haas wieder das Wort. »Ich weiß, du warst immer scharf auf den Job. Und ehrlich gesagt, wer hätte ihn mehr verdient gehabt als du?« Mit einem Mal klang seine Stimme noch kraftvoller. »Aber das hier ist deine Chance! Was ist, wenn da wirklich noch andere am Werk sind? Wenn noch jemand dran glauben muss? Im Moment bist du der Einzige, der das rausfinden kann.« Haas war schon damals immer sehr überzeugend gewesen. Offensichtlich hatte er diese Fähigkeit sogar noch verfeinert.

Trotzdem wusste Jäger nicht, was er von der ganzen Sache halten sollte. Der Gedanke, nach Kassel zurückzukehren, und sei es auch nur für ein paar Monate, brachte sein Herz zum Rasen. Als er damals Hals über Kopf abgehauen war, hatte er einfach keine andere Möglichkeit gesehen, den ganzen Mist hinter sich zu lassen. Ayhans Tod, seine Liebe zu Gizem, die keine Zukunft hatte, die Kündigung ... Sein Griff nach dem Whiskeyglas ging ins Leere.

»Ich werd's mir überlegen.«

»Ja, schlaf mal 'ne Runde drüber.« Jäger hörte, wie Haas den Zigarillo im Aschenbecher ausdrückte. »Und was die Kohle angeht ... Ich regele da was für dich. Leer sollst du nicht ausgehen.«

Nachdem sie sich verabschiedet hatten, legte Jäger das Smartphone zurück auf den Tisch. Gedankenverloren griff er nach seiner Kette und liebkoste das Amulett mit seinen Fingern.

Iki gönül bir olunca samanlik seyran olur.

Wenn zwei Herzen eins sind, wird die Scheune zum Palast.

Jetzt brauchte er erst mal ein bisschen Schnee.

6

Mitten in der Nacht tauchte es auf. Ein verdächtiges Geräusch im Geäst, als ob sich jemand seinem Schlafplatz näherte.

Hess riss die Augen auf. Sofort schossen ihm mehrere Fragen durch den Kopf: Hatten die anderen mit ihren Befürchtungen etwa Recht gehabt? Waren die Behörden doch auf ihre Fährte gekommen? Hatte Alex' Selbstmord sie tatsächlich verraten?

Der Leitwolf besaß von allen im Rudel mit Abstand die schärfsten Sinne. Zweifellos das Ergebnis seiner Zeit im Gefängnis. Dort hatte er sogar gelernt, mit offenen Augen zu schlafen. Alles und jeden um sich herum wahrzunehmen, denn nur eine einzige Unaufmerksamkeit hätte dort jederzeit sein Ende bedeutet. Diese Lektion hatte er selbst lernen müssen – wenn auch auf die harte Tour.

Zum ersten Mal war Heß mit achtundzwanzig eingefahren. Damals, als seine Knacki-Karriere begann, hatte er auf dem Parkplatz einer Diskothek in Fulda einem dreizehnjährigen Mädchen seinen harten Prügel in die Hand gedrückt. Wenige Wochen später rasselte dann die Strafanzeige rein. Im Gegensatz zu seinen vorherigen Verhandlungen, in denen er als Angeklagter saß, ließ der Richter in diesem Fall nun keine Gnade mehr walten.

Schon am ersten Tag im Knast lernte Heß, dass es dort eine klare Hackordnung gab. Die Insassen wussten, wofür er die nächsten Jahre sitzen würde, und somit war er fortan Abschaum für sie. Eine verabscheuungswürdige Kreatur, zum Abschuss freigegeben für jeden, der sich gerne die Finger schmutzig machte.

Nur wenige Wochen später wurde Heß schließlich im Duschraum überrascht. Als der Justizbeamte die Angreifer kommen sah, nickte er ihnen kurz zu und schloss hinter sich die Tür. Nach fünfzehn Minuten totaler Anarchie hatte Heß die zwei wichtigsten Regeln im Knast ein für alle Mal begriffen: Sei immer wachsam. Und vor allem: Niemand ist dein Freund.

Als er das Geräusch im Geäst nun zum zweiten Mal hörte, richtete Heß sich zum Sitzen auf und lauschte ins Dunkel hinein. Vorsichtig tastete seine Hand nach dem Koppelschuh an seinem Bein. Klar, wenn sich gerade ein Polizeitrupp seinem Schlafpatz näherte, würde er mit dem Wehrmachts-Bajonett, einem K98, nicht viel ausrichten. Ein oder zwei Personen stellten wiederum überhaupt kein Problem dar. Mit ihnen würde er kurzen Prozess machen. Der Leitwolf bereitete sich zum Angriff vor ... und wurde innerlich still.

»Psst«, flüsterte plötzlich eine Stimme, die ihm bekannt vorkam. Die Person war nur wenige Meter von ihm entfernt. »Ich bin's.«

Goebbels!, fluchte Heß innerlich. Dieser elende Bastard.

»Bist du wahnsinnig?« Heß zog sein K98 aus dem Koppelschuh und streckte es dem Hinkebein ins Gesicht. »Noch ein paar Sekunden länger? Dann hätte das hier in deinem Hals gesteckt.« Schockiert starrte sein Gegenüber ihm in die Augen. »Also, was zum Teufel willst du hier?«

Goebbels brauchte ein paar Sekunden, um sich zu beruhigen. »Ich ... ich will mit dir reden.«

»Worüber?«

»Über die Wölfe. Über den Anschlag. Wie es weitergehen soll.«

»Das haben wir bereits besprochen.«

»Nein, du hast es besprochen!«, widersprach Goebbels. »Und ich bin es leid, von dir kommandiert zu werden.«

Nur mit Mühe konnte Heß seine Überraschung über diese Worte verbergen. Das sah dem introvertierten Hinkebein so gar nicht ähnlich. Offensichtlich brannte unter der ruhigen Oberfläche doch eine ganze Menge von dem südländischen Feuer seines italienischen Vaters in ihm.

»Was genau willst du?«, fragte Heß.

Goebbels fuhr über seine gelglatten Haare. »Dass wir zwei ein Team bilden«, sagte er und zeigte im Wechsel auf sich und den Leitwolf. »Dass wir die anderen von jetzt an gemeinsam führen.«

Um ein Haar hätte Heß laut losgelacht. Muckte das Hinkebein gerade tatsächlich auf? Und das zu einer Zeit, die für die Wölfe nicht ungünstiger hätte sein können?

»Die Luft hier ist dir wohl zu Kopf gestiegen«, antwortete Heß und setzte sich zurück auf den Waldboden. »Der Leitwolf bin und bleibe ich allein. Basta.«

Goebbels schmunzelte. Während er Heß unbeirrt in die Augen sah, ließ er sich achtsam neben ihm nieder. »Du weißt, dass ich ...«

Heß schoss zu ihm herum. »Dass du ... was?«

»Dass ich zu vielem bereit wäre«, deutete Goebbels an. »Schließlich habe ich einen großen Anteil daran, ob und wie wir unsere Pläne in die Tat umsetzen können.« Das Hinkebein verschränkte die Arme hinter dem Kopf und lehnte sich vorsichtig ein Stück zurück. »Deshalb will ich mitbestimmen. Andernfalls ... Nun ja, ich kenne mindestens einen, der mir besonders gerne zuhören wird.«

Dieser miese Schweinehund, dachte Heß. Goebbels trieb ein falsches Spiel und schien überzeugt, ihn in der Hand zu haben. Dieser Schmierlappen wollte sich doch tatsächlich auf einen Machtkampf einlassen. Aber bitte, das konnte er haben. Doch zunächst galt es, strategisch vorzugehen.

»Okay, okay«, sagte Heß mit sanfter Stimme. Kumpelhaft legte er einen Arm um seinen Sitznachbarn. »Du hast Recht. Wir sollten die Verantwortung auf mehrere Schultern verteilen.«

Goebbels strahlte zufrieden. Offensichtlich ging er davon aus, die erste Runde für sich entschieden zu haben. »Wusste ich doch, dass du vernünftig bist«, sagte er. »Dass du Einsicht zeigst.«

»Hm-hm«, brummte Heß.

Dann, als das Hinkebein seine Aufmerksamkeit kurz von ihm abwandte, schlug der Leitwolf zu. Mit einem beherzten Ruck zog er Goebbels zu sich ran und nahm ihn in den Würgegriff. Drückte so kräftig die Hauptschlagader ab, dass sein Opfer schon bald das Bewusstsein verlieren würde.

Das hagere Mitglied der Wölfe wehrte sich nach Kräften. Schlug in alle Himmelsrichtungen um sich und versuchte, einen Hilferuf zu röcheln. Strengte sich so sehr an, dass seine glutroten Augäpfel aus ihren Höhlen quollen. Doch er hatte keine Chance.

»Psst«, säuselte Heß ihm ins Ohr. »Alles wird gut.«

Kurz darauf pendelte der Kopf seines Opfers nur noch leblos hin und her. Ein Problem weniger, dachte Heß.

Langsam legte er den leblosen Körper neben sich auf dem Waldboden ab.

7

Bevor er in das Taxi zum Flughafen gestiegen war, hatte Jäger noch einen letzten Blick auf die Bucht genossen. Von Anfang an war das sein Ritual gewesen: Es sich morgens zum Sonnenaufgang mit einem Kaffee auf dem Hochsitz bequem zu machen, den er sich schon kurz nach seiner Ankunft aus Baumstämmen und alten Brettern zusammengezimmert hatte. Von hier aus beobachtete er, wie die Sonne über dem aufgepeitschten Meer den wolkenlosen Himmel emporkletterte und der verschlafenen Gemeinde neues Leben einhauchte. Für wie lange er das alles wohl zurücklassen würde?

Krampfhaft hatte Jäger in der Nacht versucht, Schlaf zu finden. Hatte sich hin und her gewälzt, irgendwann beiläufig einen Film geschaut und es schließlich sogar mit einem weiteren Whiskey als Schlummertrunk versucht. Doch die Ereignisse ließen ihn einfach nicht los. Schwirrten unablässig in seinem Kopf herum wie nervige Fliegen.

Denn sein Telefonat mit Haas hatte etwas in ihm hervorgerufen. Ein Gefühl, die schrecklichen Ereignisse aus der Vergangenheit nicht länger verdrängen zu können. Sich der Erinnerung und seiner eigenen Schuld stellen zu müssen, wie hart das auch immer werden würde. Andernfalls würde er womöglich niemals Ruhe vor ihnen bekommen.

Die Fahrt zum Flughafen Las Palmas dauerte zwanzig Minuten. Natürlich war Jäger schon das ein oder andere Mal hier vorbeigefahren, wenn er den Bus in die Hauptstadt oder in eines der verschlafenen Bergdörfer im Norden genommen hatte. Betreten hatte er den Flughafen bisher jedoch erst ein einziges Mal. Nämlich, als er vor fünf Jahren mit dem Flieger aus Frankfurt hier gelandet war. Während sich das Taxi nun dem Terminal näherte, glitzerte Jäger auf der verspiegelten Fassade des Gebäudes die Sonne entgegen. Weil er noch nie ein großer Freund vom Fliegen gewesen war, sprach er sich in Gedanken Mut zu.

Doch es nützte nichts. Trotz der Beruhigungstabletten überfiel ihn kurz vor dem Start die Angst. Mit aller Kraft krallte er sich an die Armlehnen, und als er die Vibrationen der aufheulenden Motoren spürte und aus dem Fenster die wackelnden Tragflächen sah, tastete er mit einer Hand wieder nach seiner Kette. Für ihn war das Amulett, das Gizem ihm kurz vor seiner Flucht geschenkt hatte, so etwas wie ein Anker. Etwas, woran er sich in stürmischen Zeiten klammern konnte. Das ihm Halt gab, wann immer er ihn brauchte.

Jäger war sich noch nicht sicher, ob er schon so weit war, sie wiederzusehen. Auf der einen Seite interessierte er sich brennend dafür, was aus ihr geworden war. Ob Gizem nach wie vor am Stern in dem kleinen türkischen Laden ihres Vaters

31

schuftete, wo sie sich immer wie eine vor sich hin welkende Pflanze vorgekommen war. Oder ob sie sich inzwischen von den Erwartungen ihrer Familie befreit und sich ihren Traum, Psychologie zu studieren, erfüllt hatte.

Auf der anderen Seite fürchtete er sich jedoch vor dem, was ihr Wiedersehen in ihm auslösen könnte. Was der Anblick ihrer gutmütigen, mandelfarbenen Augen und ihrer langen dunkelbraunen Haare bei ihm bewirken würde. Ob dadurch nicht all das, was er seitdem mit Whiskey, Schnee und Training zu unterdrücken versuchte, noch mehr an die Oberfläche drängen würde, als es das ohnehin bereits tat.

Wen er jedoch mit Sicherheit nicht besuchen würde, war sein Vater. Seiner Mutter würde er vielleicht noch eine kurze E-Mail schreiben, dass er wieder in Kassel sei und dass es ihm gutgehe. Auf ein Wiedersehen mit dem Patriarchen, wie er seinen Vater nannte, konnte er hingegen verzichten. Schließlich war es zwischen ihnen schon einige Male fast zu einer körperlichen Auseinandersetzung gekommen. Irgendwann, da war Jäger sich sicher, würde die Spannung zwischen ihnen sich gewaltig entladen. Wer mit anderen derart respektlos umsprang wie sein Vater, der Unternehmer, hatte in seinen Augen nichts anderes verdient.

Kurz nach dem Start, als er das Schlimmste hinter sich gebracht hatte, bestellte Jäger einen doppelten Whiskey. Mit einer kreisenden Bewegung ließ er die hellbraune Flüssigkeit im Glas sanft hin und her wiegen. Für einen kurzen Moment spürte er die kritischen Blicke seines Sitznachbarn.

»Auf die Dämonen«, flüsterte Jäger und kippte den Inhalt mit einem einzigen Schluck hinunter.

8

Diesmal hatte er sich dafür entschieden, ohne Musik zu laufen. Wollte nichts hören außer dem Geräusch seiner Schritte auf dem Asphalt. Wollte spüren, wie sie langsam eine Symbiose mit seinem Herzschlag bildeten. Jetzt, kurz nachdem er aufgebrochen war, ging sein Atem noch ruhig und gleichmäßig.

Schon seit zwei Jahren schnürte er nun jeden Morgen die Laufschuhe. Am Anfang hatte er eine Weile gebraucht, um sich an die regelmäßige Bewegung zu gewöhnen. Heute konnte er sich ein Leben ohne das Laufen gar nicht mehr vorstellen. Es war zu einem wichtigen Ausgleich zu seiner Arbeit im Büro geworden, und mit der Zeit hatte er sich nicht nur eine beachtliche Kondition zugelegt, sondern ging auch viel entspannter durchs Leben.

Nachdem er die Tennisanlage des TC Blau-Weiss Kassel hinter sich gelassen hatte, folgte er weiter der Straße. An ihrem Ende bog er auf den asphaltierten Feldweg ein, der ihn an den Rand des Bergparks führte. Auf seinem Gesicht spürte er die wärmenden Strahlen der Sonne, die über den Bäumen aufging.

Aber ... was zum Teufel war das?

Wenige Hundert Meter vor ihm parkte ein rostiger Polo am Wegesrand. So schief, dass er schon halb im Graben hing. Ohne seine Brille konnte er das Kennzeichen auf diese Entfernung jedoch nicht erkennen.

Deshalb kniff er die Augen zusammen und verlangsamte das Tempo. Je näher er dem Fahrzeug kam, desto deutlicher erahnte er durch die Heckscheibe die Konturen eines menschlichen Hinterkopfs. Jetzt waren es nur noch wenige Meter.

Saß da etwa jemand auf dem Fahrersitz? Dem würde er aber was erzählen. Das war ein Feldweg, verdammt noch mal, und Autos hatten hier nichts zu suchen!

Doch dann, während er sich in Gedanken bereits seine Schimpftirade zurechtlegte, sah er sie plötzlich: eine Stichflamme, die sich auf der Fahrerseite aus dem Fenster schlängelte. Was zum Teufel ging da nur ...

Die Druckwelle der Explosion schleuderte ihn rücklings auf den Asphalt.

9

Immer wieder griff Haas an seine Brusttasche, aus der eine Packung Zigarillos herauslugte. Als er sich trotz geschlossener Fenster einen Glimmstängel ansteckte, warf Jäger ihm einen verächtlichen Blick zu.

Sein ehemaliger Kollege hatte sich gewaltig verändert. Innerhalb von nur fünf Jahren war aus der früheren Sportskanone ein Mann geworden, der im Kampf gegen seine Kilos unübersehbar die weiße Fahne gehisst hatte. An den Spitzen seines ungepflegten Vollbarts, der nur auf den ersten Blick von dem kreisrunden Haarausfall ablenkte, hatten sich als Resultat seines Zigarillo-Konsums gelblich-braune Verfärbungen gebildet. Dazu trug Haas einen dunkelblauen Anzug, der ihm trotz seiner Körperfülle viel zu weit war, und darunter ein weißes Hemd mit roter Krawatte, wie es sich für einen waschechten Sozi gehörte.

Nun standen sie zusammen in dem mit Abstand größten Raum der schäbigen Drei-Zimmer-Absteige, den man nur mit viel Wohlwollen als Wohnzimmer bezeichnen konnte. Die Bude, die Jäger in den nächsten Wochen als Unterschlupf die-nen sollte, befand sich in einem mehrstöckigen Wohnhaus ge-nau auf der Grenze zwischen den Stadtteilen Nord-Holland und Mitte, nur wenige Gehminuten vom Hauptbahnhof ent-fernt. Im dritten Stock, direkt über einem neu eröffneten Fit-ness-Studio, in dessen Schaufenstern solariumbraune Mus-kel-Junkies Wunder versprechende Wachstumspräparate freudestrahlend in die Kamera hielten und für eine vermeint-lich kostengünstige Mitgliedschaft warben.

Überall in der Wohnung lag dunkelblauer, fleckiger Tep-pich aus, der an einigen Stellen so weit aufgerissen war, dass Jäger beim Hereinkommen um ein Haar gestolpert wäre. Die Einrichtung war spartanisch gehalten, mit wenigen schnör-kellos designten Möbeln aus hellem Holz, und auch in den an-deren beiden Räumen sowie in Küche und Bad gab es nur das Allernötigste. Einzig der an einem Haken in der Decke befes-tigte Sandsack, an dem sich offensichtlich schon mehr als eine Generation ausgetobt hatte, und die mit reichlich Gewichten bestückte Hantelbank, die vor einem der dreckverschmierten Fenster zur Straße hin thronte, stachen als besondere Einrich-tungsgegenstände hervor. Von unten drangen im schnellen Electro-Rhythmus peitschende Bässe, das Geräusch gewuch-teter Hanteln und die dumpfen Schreie energisch trainieren-der Bodybuilder herauf.

Nachdem Haas seinen ersten Zug genommen hatte, legte er Jäger eine Hand auf die Schulter. »Ich weiß, ich weiß«, sagte er entschuldigend. Tatsächlich war die bärentiefe Stimme die einzige Konstante in seiner Entwicklung geblieben. »Ist nicht gerade die Präsidenten-Suite. Aber mehr konnte ich auf die Schnelle einfach nicht lockermachen, ohne dass man mir lästige Fragen stellt.«

»Ich werde klarkommen«, antwortete Jäger.

»Trotzdem hast du alles, was du brauchst. Sicheres Internet und einen Telefonanschluss, von dem nur ich die Rufnummer weiß.«

Jäger nickte. »Danke«, quälte er sich über die Lippen.

Dann führte sein früherer Kollege ihn nebenan in die muffige Küche. Haas bedeutete ihm mit einer Geste, sich an den schäbigen kleinen Küchentisch zu setzen, und zauberte aus dem wackeligen Hängeschrank über der Spüle zwei Gläser und eine Flasche billigen Whiskey hervor.

Jäger zog eine Augenbraue hoch. »Nur das Beste, hm?«

Haas setzte sich neben ihn auf einen klapprigen Plastikstuhl und schenkte ihnen randvoll ein. Jäger kostete wagemutig einen Schluck. Doch schon kurz nachdem das braune Gesöff seine Kehle hinuntergeflossen war, stellte er das Glas angewidert zurück auf den Tisch.

»Lass uns zur Sache kommen«, sagte Jäger. »Was kannst du mir über den Jungen erzählen?«

Haas seufzte. Seine Hand glitt in die Innentasche seines Jacketts, zückte einen Notizblock hervor und schlug eine der letzten Seiten auf. »Der Typ war 'n Waisenkind«, begann er vorzulesen. »Seine Eltern sind bei einem Verkehrsunfall ums Leben gekommen, als er drei Jahre alt war. Ist deshalb bei seiner Großmutter in irgendeinem gottverlassenen Kaff aufgewachsen und hat sich da wahrscheinlich zu Tode gelangweilt.« Haas nahm einen weiteren Zug von seinem Zigarillo und blies den Qualm zur Seite raus. »Nach der Schule dann Zeitarbeit als Lagerist, von einem Knochenjob zum nächsten. Der arme Kerl wurde rumgereicht wie 'ne Hafennutte. Hatte sicher nicht das große Los gezogen und ist wohl zuletzt sogar in psychiatrischer Behandlung gewesen.«

Was für ein gefundenes Fressen, dachte Jäger. Aus eigener Erfahrung wusste er, wie empfänglich insbesondere labile Menschen für Gewalt waren. Wenn sie sich außerdem am unteren Rand der Gesellschaft abstrampelten, ohne Aussicht auf Besserung, wurden sie dadurch sehr interessant für extreme Gruppierungen jeglicher Couleur. Was jedoch trotzdem kein Beweis dafür war, dass Alexander Klein nicht doch allein gehandelt hatte.

»Gibt's ein Foto von ihm?«, fragte Jäger.

Wieder tastete Haas in die Innenseite seines Jacketts. Diesmal zog er einen kleinen Umschlag hervor, entnahm ihm eine Fotografie und schob sie zu Jäger über den Tisch. »Ist wohl in der Wohnung der Großmutter gefunden worden.«

Am Datum erkannte Jäger, dass die Aufnahme nur wenige Wochen vor dem Anschlag entstanden war. Sie zeigte den Attentäter, der gerade in einem Garten an einer hüfthohen Mauer lehnte und missmutig in die Kamera blickte. Jetzt, als er Alexander Klein zum ersten Mal sah, fiel Jäger spontan nur ein einziges Wort ein, das den etwa eins sechzig kleinen, auffallend gebrechlichen Kerl mit der klobigen Brille und dem blonden, akkurat gezogenen Seitenscheitel zutreffend beschrieb: Nerd. Ein junger Mann, dessen gesamte Erscheinung bereits deutlich machte, dass er sich im Leben nicht gerade auf der Überholspur befunden hatte. Einer wie Robert Steinhäuser damals in Erfurt, über den hinterher alle sagten, ja, man hätte es wissen müssen.

»Was weißt du sonst noch?«

Haas verzog die Mundwinkel. »Seine Großmutter ist in der Nacht vor dem Anschlag gestorben. Hatte wohl eine Reihe von Herzinfarkten. Tja, und irgendwann ist halt mal Essig. Einer der Ärzte im Klinikum hat am Morgen des Attentats sogar noch bei Klein aufm Handy angerufen und ihm die Nachricht überbracht.«

»Dann ist dieser Arzt also der Letzte, der mit ihm gesprochen hat?«

»Sieht so aus. Hilft uns aber auch nicht weiter.«

»Was ist mit Verwandten? Hatte er Freunde, Bekannte?«

»Nun, ein waschechter Sonnyboy war er jedenfalls nicht. Das meiste über ihn wissen wir von seinen ehemaligen Arbeitskollegen.« Haas nippte an seinem Whiskey. Auch er verzog ob des Geschmacks angewidert das Gesicht und schob das Glas anschließend weit von sich. »Die haben ihn als ruhigen, in sich gekehrten Typ beschrieben. Von einer rechten Gesinnung oder so will von denen keiner was mitbekommen haben.«

»Wie sieht's mit seinem Werdegang aus? Glaubt ihr wirklich, er hat sich allein in seinem stillen Kämmerlein radikalisiert?«

Haas räusperte sich. »Er ... ist uns nicht bekannt gewesen.«

»Was zum Teufel soll das denn heißen?«

»Ach, Stahlfaust! Du weißt doch selbst, dass wegen dieser Yozgat-Sache damals und wegen des NPD-Verbots fast alle

V-Männer stillgelegt worden sind. Und verdeckte Ermittler schießen auch nicht gerade aus dem Boden. Wir haben einfach so gut wie keinen Einblick in die Szene mehr.«

Jäger verzog das Gesicht. Natürlich erinnerte er sich noch gut daran: Die Yozgat-Sache. Der Mord an dem türkisch-stämmigen Betreiber eines Internet-Cafés in der Holländischen Straße. Ein Fall, der insbesondere im Rahmen der Ermittlungen rund um die Mordserie des NSU hohe Wellen geschlagen und landesweit für Empörung gesorgt hatte. Ein V-Mann-Führer, der sich zur Tatzeit am Tatort aufgehalten hatte, und trotzdem felsenfest behauptete, von allem nichts mitbekommen zu haben. Weder von dem Schuss, noch von dem hinter dem Tresen im Sterben liegenden Opfer.

Der widerliche Gestank des Zigarillos holte Jäger zurück in die Gegenwart. »Auch keine Demos, Veranstaltungen oder kleinere Delikte?«

Haas schüttelte den Kopf. »Soweit ich weiß, nur ein paar Nazi-Konzerte.«

Eine Zeit lang wanderte sein Blick suchend über den Küchentisch. Da er jedoch nichts entdeckte, was einem Aschenbecher ähnlich gewesen wäre, ließ er den Stummel einfach in das immer noch fast volle Glas fallen. Das kurze Dasein des Zigarillos endete mit einem knappen Zischen.

»Ich mach mich los«, sagte Haas und klopfte zum Abschied auf den Tisch. »Das Eheweib ruft.«

Jäger hingegen blieb am Küchentisch sitzen und untersuchte das Foto des jungen Attentäters. Scannte es Zentimeter für Zentimeter, weil er wusste, dass jedes noch so kleine Detail entscheidend sein konnte. Doch selbst nach dem dritten Durchgang hatte er nichts Außergewöhnliches festgestellt.

Was Klein wohl gerade auf dem Foto getrieben hatte? Obwohl nur er allein auf dem Bild zu sehen war, erahnte Jäger im Hintergrund einige Luftschlangen und zahlreiche bunte Ballons. Es sprach also einiges dafür, dass die Aufnahme während eines Gartenfests oder einer anderen Feierlichkeit entstanden war. Vielleicht auf einer Geburtstagsparty?

Dann fiel er Jäger plötzlich auf: ein unscheinbarer, dunkler Fleck auf Kleins Handgelenk. Mehrmals wischte er mit dem Finger über das Bild, um sicherzugehen, dass es sich nicht um irgendeine oberflächliche Beschädigung des Fotos handelte. Doch schon nach kurzer Zeit war er sich sicher: Dieser Fleck war zweifellos ein Tattoo. Irgendein seltenes Zeichen, dass Klein sich auf sein Handgelenk hatte stechen lassen.

Jäger kniff die Augen zusammen. Wieso kam ihm dieses Zeichen so bekannt vor? Wo hatte er es nur schon mal gesehen? Er wurde einfach das Gefühl nicht los, dass ... Als es ihm wieder einfiel, weiteten sich schlagartig seine Augen.

10

Während Heß ihm tief in die Augen sah, wischte Rotz mit dem Handrücken unter seiner Nase entlang.

War er überhaupt jemals in seinem Leben so aufgeregt gewesen? Seit der Tag X im Kalender immer näher rückte, feierte sein Magen seine ganz eigene Party. Und dann noch seine ständig laufende Nase ...

Dabei hatte er sich ja freiwillig gemeldet. Unbedingt hatte er seinen Kameraden imponieren wollen; insbesondere natürlich Heß. Rotz hatte es satt, von Speer, diesem hirnlosen Muskelprotz, immer nur Pussy genannt und von den anderen als Schwächling betrachtet zu werden. Als einer, der nur quatscht und niemals handelt.

Somit war die Abstimmung der Wölfe auch diesmal eindeutig ausgefallen. Gefehlt hatten nur Alex, der seit Vellmar einen Märtyrerstatus bei ihnen genoss, und Goebbels, der vor ein paar Tagen sang- und klanglos verschwunden war. Niemand besaß eine Information darüber, wo dieses verfluchte Hinkebein steckte. Diese Unzuverlässigkeit hatte er wahrscheinlich von seinem Vater geerbt.

Rotz war sich bewusst, dass er mit dem, was er vorhatte, wahrscheinlich viele aus seinem Kollegium treffen würde – und auch manche seiner Schüler. Beides war ihm recht. Diese muselmanische Bande, die ihm das Leben zur Hölle machte, hatte es nicht anders verdient. Genauso wie die versoffenen Kollegen im Lehrerzimmer, die ihn wie Dreck behandelten und jeden Tag auf ihm herumtrampelten. Wann er das letzte Mal nicht schweißgebadet aufgewacht und ohne Magenkrämpfe zur Schule gegangen war? Es musste Jahre her sein.

Natürlich hatte auch er damals die Gerüchte gehört. Die Schule sei das klassische Beispiel einer Brennpunktschule, hieß es. Direkt am Wesertor gelegen, einem der sozialen Problemviertel der Stadt. Besucht von einer Klientel, in der deutsche Schüler und jene mit berufstätigen Eltern klar in der Minderheit seien. Dennoch hatte er sich dem Ganzen irgendwie gewachsen gefühlt. So schlimm, wie die Gerüchte es nahelegten, konnte es ja gar nicht sein. Er würde das schon packen. Außerdem war ihm nach seinem verkorksten Referendariat und mit der alles andere als berauschenden Note auch nicht viel übriggeblieben. Diese Schule war die einzige gewesen, die ihm ein Angebot unterbreitet hatte. Es dauerte jedoch nur wenige Wochen, bis er zum ersten Mal den Wunsch verspürte, dem ganzen Elend ein Ende zu setzen. Sich von den Demütigungen, die er täglich erlitt, ein für alle Mal zu befreien.

Nach der Abstimmung hatte Heß ihn zur Seite gezogen. Weit genug weg von den anderen, sodass sie außer Hörweite waren. Der Leitwolf sah ihm tief in die Augen. »Bist du bereit?« Rotz nickte. »Dann lass es uns noch mal durchspielen.«

Gegen 20 Uhr sollte die Veranstaltung beginnen. Rotz würde jedoch nicht von Anfang an dabei sein, sondern erst eine Stunde später dazukommen und sich so kurz wie nur möglich vor Ort aufhalten.

»Du sprichst mit niemandem«, redete Heß ihm ins Gewissen. Rotz nickte und wischte sich wieder unter der Nase entlang.

Noch vor der ersten Pause würde er dann das Paket schnüren. Würde die Kupferkappe des länglichen, bleistiftähnlichen Metallstücks im Inneren des Rucksacks mit einer Zange zerdrücken, damit die Glasampulle zerstören und so dafür sorgen, dass die Säure, das Kupferchlorid, schließlich den Haltedraht des Schlagbolzens langsam zerfraß.

»Wie lange wird es dauern?«, erkundigte sich Heß.

»Schwer zu sagen«, antwortete Rotz. Die sommerlichen Temperaturen würden einen unkalkulierbaren Einfluss auf den Zeitpunkt der Initialzündung nehmen. »Zehn Minuten?«

»Dann sieh zu, dass du schleunigst verschwindest.«

Doch daran brauchte er Rotz nicht zu erinnern.

Wenn alles glattlief, würde er den Ort, den sie ausgewählt hatten, in ein Meer der Verwüstung verwandeln.

11

Sie war es tatsächlich. Der erste Eindruck hatte Jäger nicht getäuscht, als er das Tattoo auf Kleins Handgelenk entdeckt hatte. In der Vergrößerung sah man es deutlich. Bei dieser Erkenntnis musste er schlucken.

Die Wolfsangel! Ein aus Eisen geschmiedetes und mit Widerhaken versehenes Jagdgerät, das Jahrhunderte lang zum Fangen von Wölfen eingesetzt worden war. Heute fand das Symbol vor allem noch im Forstbereich Verwendung, um Grenz- und Zuständigkeitsbereiche zu markieren.

Gleichzeitig stellte die Wolfsangel aber auch ein Relikt aus der Nazi-Zeit dar. Als ehemaliges Wappen der SS-Panzer-Division *Das Reich* stand sie auf der Liste verfassungsfeindlicher und daher verbotener Zeichen. Dies tat ihrer Popularität jedoch keinen Abbruch, sodass sie überall auf der Welt unter Rechtsextremen als *das* Symbol für Wehrhaftigkeit galt.

Auch der Heide-Dichter Hermann Löns hatte offensichtlich zu den Fans der Wolfsangel gezählt. So fügte er das Zeichen häufig unter seiner Unterschrift ein, und auf dem Cover seines bekanntesten Romans, *Der Wehrwolf*, prangte eine unübersehbare, liegende Wolfsangel. Ein Buch, das in der rechten Szene seit jeher sehr beliebt war und so etwas wie das Standardwerk für Nazis darstellte.

Die Handlung spielte während des Dreißigjährigen Kriegs in der Lüneburger Heide. Held des Romans war Harm Wulf, der auf eine germanische Ahnengalerie zurückblickte und dessen Vorfahren bereits den Römern und Franken Widerstand geleistet hatten. Als hasardierende Soldaten im Dienst des Landesfürsten ihm sein Pferd stahlen, wurde Wulf zum Partisanen und bekämpfte die Feinde fortan aus dem Untergrund. Dabei verzichtete der Roman auf jegliche Differenzierung der Gegner, die alle unterschiedslos hingerichtet wurden, und deklarierte Gewalt als notwendiges Heldentum. Entwarf einen unvereinbaren Widerspruch zwischen einer Idylle im Innern, nämlich der Gemeinschaft der Fluchtburg, und dem blutigen Kampf gegen die Feinde im Außen, der keinen Kompromiss, sondern nur Sieg oder Niederlage kannte.

Jäger legte sein Tablet zur Seite und schaute nachdenklich zur Decke. Ob Alexander Klein den Roman auch gelesen hatte? Möglicherweise war er für ihn ja sogar so etwas wie eine Inspirationsquelle gewesen. Hatte Klein sich deswegen die Wolfsangel auf das Handgelenk tätowiert? Oder hatte das Symbol noch eine andere Bedeutung für ihn besessen?

Um seine Recherche zu vertiefen, zog Jäger sich weitere Artikel über den Stand der Terrorismusforschung aus dem Netz. Schnell stieß er dabei auf zwei interessante und viel diskutierte Konzepte. Obwohl er bereits eine aufkeimende Müdigkeit spürte, zwang er sich weiterzulesen. Die wichtigsten Punkte notierte er auf einem Block.

Zunächst über die sogenannte *Leaderless Resistance*. Das Konzept des führerlosen Widerstands wurde maßgeblich von dem ehemaligen Aktivisten Louis Beam entwickelt, der zuerst dem *Ku-Klux-Klan* und später der *Aryan Nations* angehörte. Anfang der Neunziger wurde es dann innerhalb der rechten Szene in den USA zunehmend bekannter. Über das international agierende rechtsextreme Netzwerk *Blood and Honour*, insbesondere mithilfe dessen bewaffneten Arms, *Combat 18*, gelangte das Konzept schließlich bis nach Deutschland.

Im Gegensatz zu anderen terroristischen Organisationsformen, ging der führerlose Widerstand von einem Netz eigenständig agierender Kleingruppen aus. Diese sollten weniger auf organisatorischer Ebene als vielmehr durch eine ideologische Botschaft miteinander verbunden sein und Anschläge an verschiedenen Orten verüben, ohne dabei Befehle von einer übergeordneten Instanz zu erhalten oder Kontakte zu ihr zu pflegen. Entscheidungen bei der Planung und Durchführung von Anschlägen erfolgten demnach autonom, frei von Anweisungen oder Direktiven von außen.

Eine Dezentralisierung des Terrors, dachte Jäger.

Die Vorteile einer solchen Struktur – und damit die Gründe, warum Beam sein eigenes Konzept als Organisationsform der Zukunft bezeichnete – leuchteten ihm umgehend ein. Denn im Gegensatz zu einem hierarchischen Aufbau, deren Zellen in der Vergangenheit von den Sicherheitsbehörden regelmäßig und verhältnismäßig leicht aufgespürt und zerschlagen werden konnten, ist dies bei einem losen Zusammenschluss voneinander unabhängigen Kleingruppen kaum mehr möglich.

Die weiteren Artikel handelten vom sogenannten *Lone Wolf*-Konzept. Diese Idee eines einsamen Wolfs entstammte ebenfalls der rechtsextremen Szene in den Vereinigten Staaten und wurde dort Ende der Neunziger begrifflich geprägt. Inzwischen hatte er sich aber auch in der restlichen Welt eingebürgert. Die Artikel beschrieben den einsamen Wolf als terroristischen Tätertyp, der alleinverantwortlich handelt und keinerlei Kontakte zu Gesinnungsgenossen unterhält. Diese Tatsache mache eine Erkennung durch Geheimdienste und Sicherheitsbehörden nahezu unmöglich, da die Täter für gewöhnlich bei der Überwachung von verdächtigen Netzwerken nirgendwo auftauchten. Als typisches Beispiel wurde der Fall von Timothy McVeigh angeführt. Dieser hatte 1995 fast zweihundert Menschen bei einem Bombenanschlag auf ein Regierungsgebäude in Oklahoma City in den Tod gerissen.

Nachdem er die Artikel fertiggelesen hatte, legte Jäger das Tablet zur Seite. Schon während seiner Recherchen waren ihm immer wieder kurz die Augen zugefallen. Er spürte, dass die anstrengende Reise nun ihren Tribut forderte und dass es sinnlos war, sich noch länger dagegen zu wehren. Ohne Frage würde ihm ein bisschen Erholung nicht schaden.

Für den nächsten Tag hatte er sich einiges vorgenommen.

12

Es war ein Spektakel, wie es die Stadt lange nicht gesehen hatte. Zwei Jahre hatten die Kasseler nun inzwischen auf ihr geliebtes Open-Air-Konzert in der Aue verzichtet. Doch heute war es endlich wieder so weit: Aus der riesigen Konzertmuschel drangen die harmonischen Klänge von Mendelssohn-Bartholdy, Schubert, Strauß und sogar die ein oder andere zeitgenössische Filmmusik. Im Hintergrund erstrahlte die Orangerie in wechselnden Farben und bot vor dem beginnenden Sonnenuntergang unter wolkenlosem Himmel eine atemberaubende Kulisse. Obwohl das Konzert erst vor einer Stunde begonnen hatte, erwarteten die vielen Tausend Besucher, die in die Karlsaue gekommen waren, bereits voller Vorfreude das angekündigte Feuerwerk. Überall duftete es nach Wein und diversen kulinarischen Köstlichkeiten.

Yasemin Gök lächelte. Ein herrlicher Sommertag lag hinter ihr. Zuerst war sie mit ihren beiden besten Freundinnen zu einer Fahrradtour aufgebrochen. Als sie dann auf ihrem Rückweg am Bugasee vorbeikamen, sprangen sie kurzerhand ins Wasser und kühlten sich ab. Am frühen Abend warf ihr Vater schließlich den Grill an, und nachdem Yasemin eines von den leckeren Putensteaks verputzt hatte, rief sie Elif auf dem Handy an und verabredete mit ihrer Kommilitonin Zeit und Ort ihres Treffens. Sie trafen sich auf dem Friedrichsplatz, von wo aus sie am Museum Fridericianum, dem Staatstheater und der documenta-Halle vorbei die Treppen hinunter zur Orangerie schlenderten. Dabei tauschten sie sich über die umfangreiche Seminararbeit aus, die ihnen für die restliche vorlesungsfreie Zeit noch bevorstand.

Und außerdem war da dieser Kerl, wegen dem Yasemin lächelte. Schon kurz nachdem Elif und sie es sich auf einer Decke bequem gemacht hatten, war er ihr aufgefallen. Ein augenscheinlich sportlicher Typ, etwa Mitte zwanzig, der ein paar Reihen schräg vor ihnen im Schneidersitz saß und aufmerksam das Konzert verfolgte. Der Arme schien jedoch trotz des herrlichen Sommerwetters an einer Erkältung zu leiden: Jedes Mal, wenn Yasemin nach ihm sah, wischte er mit einer Hand unter seiner Nase entlang.

Yasemin mochte seinen Stil, diesen lockeren Ami-Look mit Chucks, Jeans, dunkelblauer College-Jacke und roter Basecap, die er verkehrt herum auf dem Kopf trug. Noch viel mehr gefiel ihr jedoch die Tatsache, dass er ohne Begleitung gekommen war. Sollte sie es wagen und ihn nach dem Feuerwerk ansprechen? Wenn er sie doch nur einmal anlächeln würde.

Etwa nach der Hälfte des Konzerts, kurz vor der einzigen Pause, griff der Unbekannte plötzlich nach seinem Rucksack. Während er in ihm herumkramte, schaute er sich in alle Richtungen um, als ob es ihm unangenehm sei, von so vielen Menschen gesehen zu werden.

Yasemin beobachtete ihn ganz genau. Zweifellos umgab ihn etwas Geheimnisvolles, und diese Tatsache machte ihn in ihren Augen nur noch interessanter. Warum er wohl allein hier war, ohne Frau und ohne Freunde? Vielleicht war er auch einfach nur ein Einzelgänger, der es mochte, sein Leben als Lonesome Rider zu bestreiten.

Nach ein paar Minuten hatte er seine Arbeit zu Ende verrichtet. Zog den Reißverschluss zu und legte den Rucksack neben sich ins Gras. Ein weiteres Mal sah er sich um, und jetzt kreuzten sich endlich ihre Blicke. Yasemin quittierte das mit einem verlegenen Lächeln.

Dann stand er plötzlich auf. Kämpfte sich zielstrebig einen Weg durch die Menschenmenge, und Yasemin konnte ihm gerade noch mit Staunen hinterhersehen. Wohin er wohl so eilig wollte? Wahrscheinlich hatte er einfach nur keine Lust auf den Andrang vor den Toiletten, der während der Pause unvermeidlich war. Gar nicht so blöd, die Idee, dachte Yasemin und schmunzelte. Die Tatsache, dass er seinen Rucksack zurückgelassen hatte, sprach auf jeden Fall dafür, dass er nicht lange weg sein würde.

Yasemin nahm sich vor, nicht erst bis zum Ende des Konzerts zu warten. Sie würde ihn schon während der Pause ansprechen. Dafür würde sie allerdings ihren ganzen Mut zusammennehmen müssen, denn für gewöhnlich tat sie so etwas nicht. Wenn ihr Vater, früher mal ein strenger Muslim, von ihrem Plan gewusst hätte, wäre er wohl völlig ausgeflippt, auch wenn er mit der Zeit immer liberaler geworden war.

Doch so weit kam es nicht.

Das Letzte, was Yasemin hörte, war der ohrenbetäubende Knall, der ihr Trommelfell zerfetzte.

Das Letzte, was sie sah, waren explodierende Körper in den Reihen vor ihr.

Das Letzte, was sie spürte, war die Hitze der Flammen, die ihr entgegen schossen.

13

Das letzte Mal hatte Jäger geweint, als er vor fünf Jahren ins Flugzeug gestiegen war und alles zurückgelassen hatte. Während er an diesem Morgen die grausamen Neuigkeiten hörte, kullerte zum ersten Mal seit diesem Tag wieder eine Träne an seiner Wange hinunter.

Auf dem Bildschirm seines Fernsehers flimmerte die Live-Übertragung des Hessischen Rundfunks. Aus Pietätsgründen verzichtete der Sender darauf, Aufnahmen vom Tatort zu zeigen. Das war jedoch auch gar nicht nötig: Der detaillierte Bericht der Reporterin zeichnete ein derart anschauliches Bild, dass sich ihre Beschreibungen vom Ausmaß des neuerlichen Anschlags in Jägers Kopf zu einer schauerlichen Vorstellung zusammenfügten.

»Es ist ... ein Schlachtfeld «, berichtete die junge Frau. Ihre Lippen schnarrten wie Gitarrensaiten. »Ein Anblick völliger Zerstörung«. Dann holte sie tief Luft. Wischte sich mit einer Hand durchs Gesicht und fing an zu erzählen. Von verstreuten Körperteilen, von arm- und beinlosen Torsos, zersplitterten Schädelknochen und herumliegenden Organen, an denen sich Vögel, Fliegen und anderes Ungeziefer labten. Von einem Gestank, den sie nur mithilfe einer minzigen Paste unter der Nase einigermaßen ertrug.

»Um zweiundzwanzig Uhr sieben, also vor fast genau zehn Stunden, ist hier, auf der Karlswiese, eine Bombe explodiert«, erklärte sie. »Wie viele Menschen dabei ums Leben gekommen sind, ist derzeit unklar. Erste Schätzungen gehen von mehreren Hundert Opfern aus.«

»Wir ... haben noch keine ... genauen Erkenntnisse«, stotterte der Pressesprecher der Polizei ins Mikrofon. Obwohl er in seiner beruflichen Laufbahn vermutlich bereits viele grausame Dinge gesehen hatte, stand ihm die Fassungslosigkeit in sein rundliches, glattrasiertes Gesicht geschrieben.

»Können Sie schon etwas über mögliche Tatverdächtige sagen?« Der Reporterin fiel es hörbar schwer, überhaupt irgendwelche Fragen zu stellen. Wie für viele andere, schien dieser Ort auch in ihren Augen eigentlich nur eines zu gebieten, nämlich Schweigen.

»Leider wurden durch die Explosion sämtliche Überwachungskameras zerstört«, klagte der Pressesprecher. »Wir haben bereits eine Sonderkommission ins Leben gerufen. Die Kollegen werden jedem Hinweis nachgehen und alle Informationen auswerten.«

»Gibt es eine Verbindung zu dem Attentat in Vellmar?«

Der Beamte rang erkennbar um Fassung. »Dazu liegen uns keine Erkenntnisse vor. Ich möchte aus diesem Grund an die Presse appellieren, sich an solchen Spekulationen nicht zu beteiligen. Wir müssen auch hier zunächst von einem Einzeltäter ausgehen.«

»Aber die Menschen sind verunsichert«, hakte die Reporterin nach. »Was ist, wenn das nicht der letzte Anschlag war? Wenn es eine Verbindung zu den Schüssen in Vellmar gibt? Macht Ihnen das denn gar keine Sorgen?«

Der Pressesprecher kratzte sich am Kinn. »Ich verstehe, dass die Bevölkerung ein...legitimes Sicherheitsinteresse hat.«

Bei dieser Antwort fing Jägers Blut mit einem Mal an zu kochen. Ein legitimes Sicherheitsinteresse? Unzutreffender hätte man die Reaktionen der Bürger, die während der Live-

Sendung immer wieder in kurzen Einspielern befragt wurden, nicht beschreiben können.

»Man kann nirgendwo mehr hingehen«, äußerte sich ein Mann in einem dunkelblauen Jogginganzug, der von Polizisten am Auedamm gestoppt worden war.

»Die verkaufen uns für blöd«, bellte eine Frau, die gerade ihren Hund ausführte, in die Kamera. »Glaubt doch kein Mensch, dass einer das alles allein gemacht hat.«

Zuletzt wurde noch ein Bankangestellter befragt, der unterwegs zu seiner Mittagspause war: »Das war mit Sicherheit nicht der letzte Anschlag«, sagte er und rückte seine Krawatte zurecht. Auch bei ihm saß der Schock so tief, dass er keine weiteren Worte fand.

Genauso verheerend fielen die Reaktionen in den sozialen Medien aus. Schon die wenigen Tweets, Facebook-Posts und Instagram-Beiträge, die noch während des Live-Berichts in der Redaktion eintrafen, sprachen eine eindeutige Sprache.

Wen will dieser Bulle damit eigentlich auf den Arm nehmen?

Eine Respektlosigkeit gegenüber den Angehörigen.

Wofür haben wir die Polizei, wenn die uns auch noch einen vom Pferd erzählt?

Jäger seufzte. Zwei Einzeltäter, in so kurzer Zeit? Daran konnten doch inzwischen nicht mal mehr die größten Skeptiker in der Polizei wirklich glauben.

Die eigentliche Frage, die sich stellte, war eine gänzlich andere: Wer zum Teufel steckte hinter all den grausamen Taten?

14

Obwohl es mitten in der Nacht war, kam er wie immer auf die Minute genau.

Pünktlichkeit schätzte Heß ganz besonders. Deshalb hatte er sich schon vor einer halben Stunde zu ihrem Treffpunkt begeben und dort auf die Ankunft ihres Förderers gewartet.

Während er nun auf dem feuchten Waldboden kniete, lauschte er wieder einem Knacksen, das sich zwischen das Rascheln der Blätter mischte. Zunächst hörte er es nur vereinzelt und außerdem so leise, dass er sich stark konzentrieren musste. Mit der Zeit kam es jedoch immer näher, wurde lauter und regelmäßiger.

Plötzlich überkam Heß eine flüchtige Unsicherheit. Stammte das Geräusch auch tatsächlich von *ihm*? Was, wenn er sich irrte, und sich diesmal ein Polizeitrupp an ihn heranpirschte? Zur Sicherheit tastete er wieder mit seiner Hand ans Bein, wo das K98 in seinem Lederhalfter steckte. Man konnte ja nicht vorsichtig genug sein. Stück für Stück zog er die Klinge heraus. Erst als er das klickende Geräusch wahrnahm, mit dem sie sich untereinander zu erkennen gaben, atmete er erleichtert auf und schob das Messer zurück ins Halfter.

Nachdem Werner Böhl sich die Spuren seiner Nachtwanderung energisch von der Kleidung gestreift hatte, reichte er dem Leitwolf seine Hand. Schüttelte sie so kraftvoll, dass Heß sich umgehend an ihr erstes Aufeinandertreffen erinnerte. Damals hatte er von dem sechsundsechzigjährigen Mann mit dem schütteren Haar und dem gebrechlichen Gang zwar vieles, aber auf keinen Fall einen derartig beherzten Händedruck erwartet. Gleiches galt für seine Stimme, die nur so strotzte vor Kraft. Mit ihrer Hilfe und dank seiner geschulten rhetorischen Fähigkeiten, hatte Werner Böhl schon einige Menschen auf seine Seite gezogen. So auch Heß.

Zum ersten Mal waren sie sich in Frankfurt am Main begegnet. Damals hatte Heß sich auf Hessen-Tour gemacht, um für die Kameradschaft, in der er sich zu einem hohen Tier gemausert hatte, neue Mitglieder zu rekrutieren. Zu diesem Zweck war er mit dem Zug nach Mainhattan gefahren, wie man die südhessische Metropole wegen ihrer Wolkenkratzer nannte, und hatte sich dort vorsichtig in der Szene umgehört. Werner Böhl lernte er wenige Tage später in der heruntergekommenen Wohnung von René kennen; einem armen cracksüchtigen Wurm, der als Kassierer arbeitete, mit der Bewegung sympathisierte und im Bahnhofsviertel hauste.

»Hab schon viel über dich gelesen«, behauptete Böhl, nachdem René eine Pfeife geraucht und sich ins Delirium verabschiedet hatte. »Ich glaube, du bist genau der Richtige.«

»Der Richtige wofür?«, fragte Heß.

Dann weihte sein Gegenüber ihn ein. Erzählte, wie alles angefangen hatte, hier in Frankfurt, in den Fünfzigern, kurz nach dem Krieg. Schwärmte von der Blütezeit, in der sie mehrere Hundert Mitglieder zählten und im Geld nur so schwammen, weil sie monatliche Finanzspritzen erhielten. Klärte ihn über die harte Ausbildung und die umfangreichen Waffenlieferungen auf: Handfeuerwaffen, Maschinengewehre, Granaten, leichte Artilleriegeschütze, Sprengstoff. Zeigte ihm auf einer Landkarte die Wälder, in denen sie Lager für den Ernstfall anlegten. Erklärte ihm, warum schon drei Jahre später die Musik wieder zu spielen aufgehört hatte.

Damals konnte Heß das alles gar nicht glauben. Wenn es wirklich stimmte, was Werner Böhl ihm da erzählte, war das ein unvorstellbarer Glücksfall – und zugleich für die gleichgeschaltete, linksliberal verseuchte BRD ein politischer Skandal von bisher unbekanntem Ausmaß. Einer, von dem Heß glaubte, dass er die Gesellschaft in ihren Überzeugungen von Freund und Feind erschüttern würde. In Heß, dessen Pläne bis zu diesem Tag immer an den realen Möglichkeiten gescheitert waren, hatten Werner Böhls Erzählungen die kühnsten Träume geweckt. Jetzt, fast auf den Tag genau fünf Jahre später, standen sie einander in der Dunkelheit gegenüber und schüttelten sich die Hände.

»Das Zeichen ist ja kaum zu erkennen«, bemängelte Böhl und zeigte auf einen der Bäume. In die Rinde war die liegende Wolfsangel eingeritzt.

»Dann erfüllt es seinen Zweck«, antwortete Heß. Mit einer Handbewegung bat er seinen Gast, ihm zu folgen. »Kommen Sie, es ist nicht weit von hier.«

Eine Zeit lang streiften sie wortlos durchs Geäst. Heß war diesen Weg bereits unzählige Male gegangen. So oft, dass er ihn selbst mit verbundenen Augen noch gefahrlos gefunden hätte. Schon lange musste er nicht mehr auf die Wegeleitung durch die zahlreichen Wolfsangeln zurückgreifen, die die Wölfe während ihrer monatelangen Vorbereitung in die Bäume geschnitzt hatten.

Nach einem kurzen Fußmarsch erreichten sie schließlich das Lager zwei. Den Ort, an dem die Wölfe sowohl einen Teil ihrer Waffen, als auch die dazugehörige Munition vergraben hatten. Waffen, die allesamt aus dem Zweiten Weltkrieg stammten und die ihnen nur dank Werner Böhl in die Hände gefallen waren. Damit niemand sie finden konnte, hatten die Wölfe das Arsenal eigenhändig ausgegraben und hier, in ihrem neuen Versteck, wieder verbuddelt. Die Stelle lag nur wenige Meter von einer schmalen Lichtung entfernt, an deren gegenüberliegendem Ende sich das Lager eins, einer der Wohn- und Schlafplätze, befand.

»Bitte, setzen Sie sich«, sagte Heß, als sie in Lager drei angekommen waren, wo sich die Wölfe regelmäßig zu ihren Besprechungen zusammenfanden. Er zeigte auf einen der großen flachen Steine, die sie im Kreis aufgestellt hatten. »Wie Sie sehen, kann ich Ihnen gerade nichts zu trinken anbieten. Die Bar hat schon geschlossen.«

Werner Böhl verzog keine Miene. Stattdessen runzelte er die Stirn, zog seine Altherrenjacke aus und legte sie als Unterlage auf den Stein. Kommentarlos rückte er seine Krawatte zurecht, die am Kragen unter seinem Pullunder hervorlugte, und ließ sich im Zeitlupentempo nieder. Sein fragender Blick wanderte in der Dunkelheit umher.

»Wo sind die anderen?«

»Wie Sie es uns beigebracht haben«, antwortete Heß. »Wir schlafen niemals am selben Platz.«

Böhl nickte anerkennend. »Großes Kompliment«, sagte er. »Plan A und B waren wirklich ein voller Erfolg.«

»Nun, die Sache in Vellmar haben wir uns anders vorgestellt.« Heß kratzte sich am Kinn. »Draufgehen sollte unser Mann jedenfalls nicht. Außerdem befürchten die anderen, dass jetzt möglicherweise eine Spur zu uns führen könnte.«

»Nach allem, was ich mitbekommen habe«, Böhl zog eine Braue hoch, »gibt's in meinen Augen nicht den geringsten Grund zur Sorge. Die Behörden gehen weiter von Einzeltätern aus. Die sind sogar noch unfähiger, als ich dachte. Die werden niemals eine Verbindung herstellen, solange wir sie ihnen nicht liefern.«

Heß fuhr nachdenklich mit einem Finger seine Narbe entlang.

»Was ist mit dem nächsten Schritt?«, erkundigte sich Böhl.

»Läuft genau nach Plan«, antwortete Heß. »Unser Kontaktmann gibt Bescheid, sobald der genaue Zeitpunkt feststeht.«

Böhl legte seine Stirn in Falten. »Ich hasse es, wenn ich nicht alle Beteiligten eines Plans kenne. Können wir ihm auch wirklich vertrauen?«

Heß nickte. »Ich lege meine Hand für ihn ins Feuer.«

»Ich hoffe, dass Sie Recht haben«, erwiderte Böhl. Sein Blick verlor sich in der Dunkelheit. »Und Sie sollten das auch tun …«

15

Jäger hasste es zu lügen.

Trotzdem war das schon damals ein wichtiger Teil seiner Arbeit gewesen. Um sich als verdeckter Ermittler irgendwo einzuschleusen, musste man den Kreis der Mitwisser immer so klein wie möglich halten. Sich als jemand anderer auszugeben gehörte einfach zu den Dingen, die einem in Fleisch und Blut übergingen. Die man nie wieder verlernte. Trotzdem hatte Jäger diesen Aspekt seiner früheren Tätigkeit als verdeckter Ermittler bisher nicht eine Sekunde lang vermisst.

Gegenüber Pascal Jung, dem Mitarbeiter des Mobilen Beratungsteams, hatte er sich am Telefon als besorgter Vater ausgegeben, dessen Sohn in die rechte Szene abgerutscht sei. Das MBT, das 2003 als erstes mobiles Team in Hessen gegründet worden war, führte neben klassischen Beratungsdiensten für Aussteiger auch eigene Projekte gegen Rechtsextremismus durch, insbesondere in Form von Informationsveranstaltungen. Darüber hinaus bot das Team Seminare und Fortbildungen für kommunale Träger, Politik, Bildungsinstitutionen und Verwaltung auf Honorar- und ehrenamtlicher Basis an.

Jäger erhoffte sich von dem Gespräch vor allem Informationen über den Zustand der rechten Szene in Kassel: Wie setzte sie sich zusammen? Wer waren die führenden Köpfe? Und besonders: Gab es Tendenzen einiger Mitglieder, sich zu einer Terrorgruppe zusammenzuschließen?

Pascal Jung hatte der Anfrage umgehend zugestimmt. Nachdem Jäger den Berater gegen halb zehn in dessen Büro erreicht hatte, verabredeten sie sich noch für denselben Nachmittag. Da Jung um diese Uhrzeit ohnehin in der Innenstadt unterwegs war, schlug er als Treffpunkt das *Alex* am Friedrichsplatz vor.

Auf der Internetseite hatte Jäger gelesen, dass Jung studierter Sozialpädagoge war. Als dieser nun um fünf nach zwei durch die Eingangstür trat, konnte Jäger sich ein Schmunzeln nicht verkneifen. Jung machte seinem Berufsstand alle Ehre: Mit einer braunen Cordhose, einem löchrigen Batik-Shirt und zerzausten Haaren sah er wie der Prototyp eines Sozialpädagogen aus. Seine warmen Gesichtszüge ließen ihn äußerst sympathisch wirken, und Jäger vermutete, dass Jungs Klienten in der Regel schnell Vertrauen zu ihm aufbauten. Er winkte den Mitarbeiter des MBT zu sich, und als dieser an den Tisch im hinteren Bereich des Lokals kam, stand Jäger auf und streckte ihm zur Begrüßung die Hand entgegen.

»Scholl«, stellte er sich mit dem Decknamen vor, den er schon früher stets mit Vorliebe benutzt hatte. »Vielen Dank, dass Sie gekommen sind.«

Jung erwiderte seinen Gruß und sank ihm gegenüber in einen roten Sessel mit hohen Armlehnen. Er wirkte gehetzt, wandte sich immer wieder von Jäger ab und sah sich nervös in dem Lokal um. Hatte er möglicherweise einen aufreibenden Termin hinter sich? Oder gab es etwas, das ihn beunruhigte?

In den Stunden vor ihrem Treffen hatte Jäger sich einen genauen Plan für das Gespräch zurechtgelegt: Zunächst würde er Jung von seinem vermeintlichen Sohn erzählen. Wie er als Jugendlicher Rock-Konzerte besucht und auf diesem Weg Kontakt zu zwielichtigen Personen der Szene gefunden habe. Dass es mit seinem Sohn in der Schule immer weiter bergab gegangen sei und sowohl er als auch seine Frau zunehmend den Zugang zu ihm verloren hätten. Bis das Ganze dann schließlich in einer gewalttätigen Auseinandersetzung eskaliert sei. In weiten Teilen waren das die Informationen, die Jäger bisher über die Werdegänge verschiedener rechtsextremer Personen besaß. Während er erzählte, nickte und brummte Jung immer wieder verständnisvoll.

»Der Klassiker«, kommentierte er schließlich. »Auf Rock-Konzerten oder im Fußball-Stadion. Dort wird der Nachwuchs rekrutiert.« Er nippte an seinem Kaffee und nestelte mit seinen Händen an der Tasse herum. »Haben Sie noch Kontakt zu ihrem Sohn?«

»Unregelmäßig«, antwortete Jäger. »Kommt immer mal vorbei, wie es ihm passt. Nimmt sich Essen und Geld und verschwindet dann wieder für 'n paar Tage.«

»Wissen Sie, wo er sich rumtreibt?«

»Nein.«

»Schon mal hier auf dem Friedrichsplatz gesucht?«

Jäger warf dem Sozialpädagogen einen erstaunten Blick zu. »Sie meinen ...?«

Jäger wusste, worauf der Berater des MBT anspielte. Als er selbst noch in Kassel gelebt hatte, stellten die Trinker am Friedrichsplatz bereits ein Problem dar, das die Stadt einfach nicht in den Griff bekam. Ständige Pöbeleien, Belästigungen und Gewaltausbrüche waren an der Tagesordnung. Die Ordnungsbehörden hatten kapituliert. Dass sich unter den Trinkern nun scheinbar auch Nazis und nicht nur Obdachlose aufhielten, kam Jäger jedoch neu vor.

»Mich würde generell der Zustand der Szene interessieren«, wagte er einen Schritt nach vorn. »Ich möchte wissen, mit wem mein Sohn es so zu tun hat.«

Jung schien keinen Verdacht zu schöpfen. »Nun, die Szene ist ziemlich zersplittert«, fing er an zu berichten. »Freie Kameradschaften, Hooligans, Alkohol- und Drogensüchtige, stramme Ideologen. Die schwimmen alle in einem großen Teich, ohne jedoch besonders viel miteinander zu tun zu haben.«

Aus dem Augenwinkel sah Jäger auf sein Smartphone. Er hatte das Gerät kurz vor dem Gespräch herausgeholt und so auf dem Tisch hinter einer stehenden Speisekarte platziert, dass Jung es nicht bemerkte. Auf dem Display sah er die fortschreitende Zeit der Tonaufnahme. Dann trank auch Jäger einen Schluck Kaffee und setzte zu seiner nächsten Frage an.

»Halten Sie es für möglich, dass sich in der Szene eine Art ... radikale Gesinnungsgruppe bilden könnte? Eine, die bereit wäre ... Aktionen durchzuführen?«

Plötzlich blitzte für den Bruchteil einer Sekunde ein kritischer Blick in den Augen seines Gesprächspartners auf. Jäger spürte, dass er seiner Frage etwas hinzufügen musste, um Jungs aufkeimende Zweifel zu besänftigen. »Ich habe einfach Angst, dass mein Sohn noch weiter abrutscht.«

»Dass er straffällig wird, meinen Sie?« Jäger nickte. »Nun, ohne Ihnen zu nahe treten zu wollen: Das ist er wahrscheinlich ohnehin schon geworden. Die Szene wird von Drogen und Gewalt beherrscht. Da ist es fast unmöglich, eine weiße Weste zu behalten.«

»Das habe ich befürchtet.«

»Was Ihre erste Frage angeht«, sagte Jung und nestelte wieder an der Tasse herum. »Ich persönlich schließe das aus. Dafür ist die Szene zu kleinteilig. Da führen viele geradezu Krieg gegeneinander. Ich kann mir beim besten Willen nicht vorstellen, dass sich da irgendwer zu irgendwas zusammenschließt.«

Für Jäger klang das nach einer fundierten Aussage. Waren Alexander Klein und der unbekannte Attentäter des zweiten Anschlags vor der Orangerie wirklich nur einsame Wölfe gewesen? Möglicherweise hatten die Behörden also tatsächlich mit ihren Ermittlungen Recht gehabt. Denn wer, wenn nicht Jung, der sich so intensiv mit der Szene beschäftigte, hätte über etwaige Tendenzen besser Bescheid gewusst? Seine Ausführungen stellten jedenfalls ein gewichtiges Argument für die Einzeltäterthese dar.

»Wer sind denn so die wichtigsten Köpfe?«, fragte Jäger weiter. »Gibt es eine Art ... Führungsfigur?«

Jung schüttelte den Kopf. »Früher gab's mal einen, der da sicherlich Ambitionen hatte. Einen hochintelligenten, aber mindestens genauso sadistischen Scheißkerl. Ideologisch voll auf Linie und mit einigen Gefängnisaufenthalten auf der Uhr. Hauptsächlich wegen diverser Eigentums- und Körperverletzungsvergehen. Und auch eines Sexualdelikts, wenn mich meine Erinnerung nicht trügt.«

»Was ist mit ihm passiert?«

»Wissen wir nicht genau. Ist wohl vor 'n paar Jahren einfach abgetaucht. Hat der Szene von jetzt auf gleich den Rücken gekehrt und wurde seitdem in Kassel nicht mehr gesehen.«

»Auch nicht in anderen Städten?«

Jung zuckte mit den Schultern. »Schon möglich. Irgendwo muss er ja sein. Wir jedenfalls haben ihn, wie gesagt, nicht mehr gesehen und auch nichts mehr von ihm gehört.«

Jung kippte den letzten Schluck Kaffee runter und nickte Jäger vielsagend zu. Bereits am Telefon hatte er erklärt, dass er noch anderen terminlichen Verpflichtungen nachkommen müsse und daher nicht allzu viel Zeit für ein Gespräch mitbringe. Er entschuldigte sich dafür und reichte seinem Gegenüber die Hand.

Doch kurz nachdem sie sich verabschiedet hatten, fiel Jäger plötzlich eine letzte Frage ein. Eilig sprang er auf und fing den Sozialpädagogen gerade noch so an der Eingangstür ab, bevor der wieder in dem Getümmel auf der Königsstraße untergetaucht wäre.

»Gibt's ein Foto von dem Kerl?« Jung verzog skeptisch das Gesicht. »Wer weiß, vielleicht bekomme ich ja aus meinem

Sohn heraus, wo dieser Typ sich aufhält? Falls er ihn überhaupt kennt, meine ich.«

Das schien den Mitarbeiter des MBT zu überzeugen. »Sie haben Glück«, antwortete er und kramte sein Smartphone aus der Hosentasche. »Ich habe ihn mal vor vielen Jahren während einer verbotenen Kundgebung fotografiert. Bisschen unscharf zwar, weil's schnell gehen musste. Aber immerhin kann man ihn erkennen.«

Jung wischte eine Zeit lang durch die Galerie. Als er auf das gesuchte Bild gestoßen war, vergrößerte er es mit einer Fingergeste und reichte seinem Gegenüber das Handy. Jäger brauchte jedoch ein wenig, um zwischen all den Menschen das Gesicht des Mannes auszumachen, der früher einmal eine aufstrebende Persönlichkeit der Kasseler Neonazi-Szene gewesen sein sollte.

Dann erkannte er ihn. Als Jäger verstand, in wessen Gesicht er sah, fing sein Herz an zu rasen.

Diesen Ausdruck in den Augen würde er niemals vergessen. Zum letzten Mal hatte er ihn vor vielen Jahren gesehen. Damals, als er noch ein Jugendlicher gewesen war und nicht gewusst hatte, dass auch das, was man nicht tut, einen das ganze Leben lang verfolgt.

Es war das Gesicht des Mannes, der Ayhan getötet hatte.

16

Unentwegt rauschten die Bilder durch seinen Kopf. Immer wieder derselbe, grauenvolle Anblick. Die letzten Sekunden in Ayhans Leben. Das Trommelfeuer von Schlägen und Tritten, die sein Gesicht zertrümmerten. Der Ringrichter, der bei all dem nur tatenlos zusah, und der Ausdruck in Gizems Augen, der Jäger wortlos zu befehlen schien: »Los, tu doch endlich was!« Folgenlose Appelle, die in dem aufkeimenden Tumult in der Sporthalle verpufften wie Rauchzeichen.

Innerhalb von nur zwei Runden hatte Ayhan unzählige Wirkungstreffer eingesteckt. War nur noch wie benommen durch den Ring gestolpert und hatte versucht, sich irgendwie an seinem Gegner festzuklammern. Hinterher hatten die Ärzte festgestellt, dass er bei den letzten Schlägen sogar schon bewusstlos gewesen sein musste.

Als der Ringrichter endlich in den Kampf eingriff, war es bereits zu spät. Nach der flüchtigen Untersuchung durch den Notarzt wurde Ayhan mit schweren Kopfverletzungen von Christoph 7, dem Rettungshubschrauber des Roten Kreuz, sofort ins Krankenhaus geflogen. Dort wollte man ihn ins künstliche Koma versetzen und eine lebensrettende Notoperation vornehmen.

Doch es sollte anders kommen.

Bereits während des Fluges versagten Herz und Nieren, sodass Ayhans Leben hoch oben, in der Luft über Kassel, ein jähes Ende fand. Zwischen piepsenden Maschinen und in den Händen eines Arztes, der alles Menschenmögliche getan hatte. Noch in der Sporthalle, mitten in einer betroffen schweigenden Zuschauermenge, erhielten Gizem und Jäger die Nachricht von Ayhans Tod.

Als Jäger an diesem Morgen schweißgebadet aufwachte, wischte er sich mit der Hand durchs Gesicht. Das Gespräch mit Pascal Jung hatte ihm die ganze Nacht keine Ruhe gelassen. Außerdem hatte er auf dieser abgelutschten Matratze, durch die sich jede einzelne Strebe des Lattenrostes bohrte, ohnehin das Gefühl, wie ein Fakir auf einem Nagelbett zu schlafen.

Lutz Graf. Diesen Namen würde er niemals vergessen – und schon gar nicht das Gesicht, das sich in seine Erinnerung gebrannt hatte wie Zigarettenglut in einen Teppich. Diese unverkennbare Narbe, die von der Schläfe bis zum Kinn reichte, und die damals zusammen mit dem finsteren Blick in seinen Augen ein Duett über Hass und Verachtung für alles Fremde sang.

Jäger tastete nach dem Strohhalm. Richtete sich mühsam zum Sitzen auf und beugte sich über den Schnee, den er noch in der Nacht auf den Beistelltisch hatte rieseln lassen, kurz bevor er dann doch rasch weggedöst war. Mit einer Plastikkarte formte er akkurate Linien. Um gleich voll durchzustarten, zog er zwei hintereinander. In Sekundenschnelle schoss das Pulver das Innere seiner Nase hinauf. Jäger lehnte sich zurück und wartete.

Schon nach ein paar Minuten setzte es ein. Dieses wunderbare Gefühl von Leichtigkeit, gepaart mit vollkommener Wach- und Klarheit. Wohlige Wärme breitete sich bis in die letzte Zelle seines Körpers aus, und mit einem Mal hatte Jäger das Gefühl, für den angebrochenen Tag gut gerüstet zu sein.

Während sich auf seinen Lippen ein flüchtiges Lächeln bildete, streichelte er über die Kette um seinen Hals. Dann fischte er eine kurze Jeanshose aus der Kommode, streifte sich ein beigefarbenes Unterhemd über, setzte seinen Stetson auf und verließ ohne Frühstück die Wohnung. Draußen empfing ihn die pralle Sonne, die von einem wolkenlosen Himmel auf ihn herabstrahlte.

Fast wie zu Hause, dachte Jäger. Er vermisste seine neue Heimat schon jetzt. Dieses abgeschiedene Leben, die unabhängige Arbeit, seinen Hochsitz, von dem aus er das Meer beobachtete. Hier, in Kassel, waren es hingegen keine Wellen, die an seinem Fenster rauschten, sondern nur der rund um die Uhr vorbeifließende Verkehr.

Trotzdem bereute er seine Entscheidung nicht. Auch wenn es unvorstellbar klang, aber inzwischen empfand er es sogar als seine Pflicht. Natürlich nicht gegenüber dem Verfassungsschutz, der ihn damals fallengelassen hatte wie eine heiße Kartoffel. Vielmehr gegenüber der Stadt und ihren Bewohnern, die er in sein Herz geschlossen hatte, obwohl sich die Nordhessen meistens so stur und ungemütlich zeigten. Diese grauenvollen Anschläge drohten aus Kassel eine verängstigte und feindselige Stadt zu machen – und was auch immer er tun musste, um das zu verhindern, er war bereit dazu. Nochmal würde er nicht einfach nur zusehen, wie das Unheil seinen Lauf nahm.

Vor dem Haus bog Jäger direkt nach links ab und folgte der Straße bis zum Lutherplatz. Durchquerte den schmalen Park, an dem Kirchengelände, den Einrichtungen der Diakonie und der Haltestelle Mauerstraße vorbei, und gelangte schließlich zum Königsplatz. Schlenderte zu einer verlassenen Bank, setzte sich und ließ das Treiben eine Weile an sich vorüberziehen.

Ohne Frage, Kassel war lebhafter geworden. Bunter. Noch vielfältiger, was die Präsenz anderer Kulturen betraf. Zweifellos das Ergebnis der politischen Entwicklungen der letzten Monate, die vielerorts als Flüchtlingskrise oder Migrationswelle bezeichnet wurden. Jäger konnte mit diesen gefärbten Begriffen jedoch nichts anfangen. War es nicht eine Auszeichnung für dieses Land, dass so viele Menschen ein Leben hier für erstrebenswert erachteten? Seitdem er selbst im Ausland lebte, hatte sich seine Perspektive auf Europa und die europäische Idee ohnehin nochmal ein ganzes Stück verändert.

Bereits in dem Jahr vor Jägers Flucht nach Spanien, hatten sich in der Stadt nach Jahrzehnten des Stillstands und der Depression erste Silberstreifen am sonst düsteren Horizont gezeigt: Seitdem wurde die Arbeitslosigkeit kontinuierlich abgebaut, die Kunst- und Kulturszene erblühte zu neuem Leben, und durch den Zuzug mehrerer Tausend Studenten hatte die Stadt einiges an Dynamik gewonnen. Sofern Jäger dies anhand der HNA-Artikel, die er auf Gran Canaria las, beurteilen konnte, machte der Bürgermeister also einen respektablen Job. Eine kleine Erfolgsgeschichte mitten in der nordhessischen Provinz, wie inzwischen sogar namhafte Zeitungen wie die FAZ, die Süddeutsche und die ZEIT berichteten.

Nachdem Jäger dem Stadtleben eine Zeit lang zugesehen hatte, schlenderte er weiter die Untere Königsstraße herab. Während er sich der großen Kreuzung am Stern näherte, schossen zahlreiche Erinnerungsfetzen durch seinen Kopf. Vor allem daran, wie er Gizem, Ayhans Schwester, zum ersten

Mal begegnet war, vor dem Gemüseladen ihres Vaters. Fasziniert hatte er vor ihr gestanden und kein Wort herausgebracht. Dieser gutmütige Blick ihrer mandelbraunen Augen. Der sinnliche Mund. Dieses verträumte Spielen mit der einzigen Strähne ihrer langen dunklen Haare, die unter dem Kopftuch hervorlugte.

Damals hatte Gizem ihn für einen totalen Idioten gehalten. Für einen, der nicht mal drei vernünftige Sätze zustande brachte. Doch es hatte nicht lange gedauert, bis auch sie es spürte. Dieses Etwas, das unsichtbare, aber verbotene Band, das sich wie von selbst zwischen ihnen spannte und sie zueinanderzog.

Nun stand Jäger also wieder dort. Sah sich um und stellte fest, dass noch einige weitere türkische Geschäfte aufgemacht hatten. Dazu kamen Massen von Studenten, die zwischen den südländisch aussehenden Menschen hindurch zur Uni am Holländischen Platz strömten. Am Stern trafen wie nirgendwo sonst in Kassel mehrere Lebenswelten aufeinander: Auf der einen Seite die akademische Zukunft des Landes, die bereits Privilegierten und kommenden Besserverdiener. Auf der anderen Seite die Migranten, Seite an Seite mit jenen, die wahlweise als Abgehängte, Globalisierungsverlierer oder Wutbürger gebrandmarkt wurden. Für Jäger stand fest: Diese zahlreichen Spaltungen nicht zu sehen, war nur möglich, wenn man die Augen willentlich vor ihnen verschloss. Eine Frage der Zeit, bis sich dieser Schmelztiegel irgendwann in eine handfeste Bombe verwandeln würde – vielleicht war er auch schon längst dabei, es zu tun.

Als er plötzlich Gizems Silhouette erkannte, die am Ladenfenster vorüberhuschte, riss ihn dieser Anblick aus seinen

Gedanken. Sofort fing sein Herz an zu pochen, und von jetzt auf gleich fühlte Jäger sich wieder wie damals, als er vor ihr stand und die Hosen voll hatte.

Minutenlang trieb er sich an der Auslage vor dem Schaufenster herum. Nahm alle möglichen Obstsorten in die Hand und tat, als würde er sie wirklich kaufen wollen. Gleichzeitig beobachtete er aus dem Augenwinkel, wie Gizem in dem Laden hin und her wanderte. Vom Fenster zu den Regalen, von dort zur Kasse und wieder zurück. Bis sie sich plötzlich eine Obstkiste schnappte und sie zum Eingang schleppte. Sekunden später trafen sich ihre Blicke.

Gizem schrie lautlos auf. Krachend viel die Kiste zu Boden, und die Kunden drehten sich erschrocken zu ihr herum.

Für Jäger fühlte es sich an, als hätte sein Herz zu schlagen aufgehört.

17

Jäger wusste nicht, was er tun sollte. Eine gefühlte Ewigkeit starrten Gizem und er sich reglos in die Augen. Bis sein Blick zu ihrem Hals wanderte.

Iki gönül bir olunca samanlik seyran olur.

Auch sie trug das Amulett noch immer. Das Gegenstück zu dem, das sie ihm kurz vor Ayhans Tod geschenkt hatte. Jäger legte es seitdem nur zum Duschen und Trainieren ab. Die Kette, sein Anker, begleitete ihn überallhin.

Dann ergriff Jäger kurzerhand die Flucht. Die ganze Situation überforderte ihn. Plötzlich vor ihr zu stehen, fühlte sich sogar noch beklemmender an, als er es sich vorgestellt hatte. Gizem jetzt wiederzusehen, Jahre nach seinem wortlosen Abschied, löste einen wahren Sturm der Gefühle in ihm aus.

In seiner Wohnung angekommen, ließ Jäger sich auf das schmale Einzelbett fallen. Wieder gab die dünne, durchgelegene Matratze unter seinem Gewicht deutlich nach, und einen Moment lang kam es ihm vor, als läge er mit dem Rücken direkt auf dem knarzenden Lattenrost. Zur Ablenkung schaltete er den Fernseher ein und versuchte, sich auf das Programm zu konzentrieren.

Als sein Handy losplärrte, kramte Jäger es genervt aus seiner Jeans. Er schaute auf das Display und erkannte, dass die Nummer unterdrückt wurde.

»Stahlfaust, ich hab Neuigkeiten«, überfiel ihn Haas ohne Begrüßung. Dabei genoss er wieder hörbar einen von Jägers verhassten Vanille-Zigarillos.

»Was gibt's?«

»Wir wissen jetzt, welcher Sprengstoff bei dem Anschlag eingesetzt wurde. Das Zeug nennt sich *Amatol*. Beziehungsweise *Fp. 40/60*. Sagt dir das was?«

»Nicht wirklich.«

»*Füllpulver* war der deutsche Tarnname im Zweiten Weltkrieg für Ammoniumnitrat, wenn TNT damit gestreckt wurde«, klärte Haas ihn auf, wobei er seine Informationen offenbar irgendwo ablas. »Amatol, wie der Sprengstoff im angloamerikanischen Raum hieß, hatte den Vorteil, dass er nur eine geringfügig niedrigere Brisanz, also Zerstörungskraft, als TNT besaß. Trotzdem blieb er relativ unempfindlich gegen Stoß, Wärme und Kälte. Die Zahlen, wie zum Beispiel 40/60 oder 50/50, gaben das Mischverhältnis der Stoffe an.«

Das musste Jäger erst einmal verarbeiten. Nur nach und nach wurde ihm die Tragweite dessen, was sein früherer Kollege ihm soeben aufgetischt hatte, bewusst. Er hörte, wie Haas am anderen Ende der Leitung ein paar Züge nahm und den Rauch in den Hörer pustete.

»Militärischer Sprengstoff?«, nuschelte Jäger ungläubig. »Wie zum Teufel ist der Attentäter da rangekommen?«

»Das ist genau die Frage.«

»Auch aus'm Darknet?«

Haas grummelte vor sich hin. »Militärischer Sprengstoff? In diesen Mengen?«

»Viele andere Möglichkeiten gibt's ja nicht.«

»Nun, die gibt's durchaus. Sind allerdings nur weitaus ... brisanter, um mal in der Sprache der Chemie zu bleiben.«

»Du meinst ...?«

»Hm-hm«, brummte Haas. »Wir haben es bei dem Attentäter mit hoher Wahrscheinlichkeit mit einem Militär zu tun. Oder Ex-Militär. Zumindest mit jemandem, der Verbindungen dorthin besitzt.«

»Sieht ganz danach aus.«

»Das Spannende kommt aber noch: Laut Verteidigungsministerium wird Amatol in Deutschland gar nicht mehr gelagert.«

Jäger verstand nicht, wie das alles sein konnte. »Dann kam das Zeug also aus dem Ausland?«

Begleitet von einem leisen Zischen, drückte Haas den Zigarillo in einem Aschenbecher aus. »Möglich, ja. Aber unwahrscheinlich, sagen die im Ministerium. Dafür haben die Jungs keinerlei Anhaltspunkte. Könnte höchstens aus irgendwelchen abgelegenen Restbeständen vom Kalten Krieg oder so stammen. Was weiß ich, vielleicht hat 'n schmieriger osteuropäischer Waffenschieber das Zeug beschafft. Was das angeht, fischen wir immer noch im Trüben.«

Während des Telefonats hatte Jäger in der einzigen Schublade des Nachttischs nach Zettel und Stift gesucht. Er fand einen jungfräulichen Kugelschreiber sowie einen Notizblock mit dem Logo eines bekannten Kasseler Hotels, von dessen Neueröffnung er vor wenigen Jahren in der HNA erfahren hatte. Er notierte sich sämtliche Informationen stichwortartig.

»Und wie weit bist du gekommen?«, fragte Haas nach einer Weile.

Jäger legte den Stift beiseite. Ohne Frage ein Punkt, über den er bisher noch nicht wirklich nachgedacht hatte: Wie viel von dem, was er über die rechte Szene in Kassel herausgefunden hatte, sollte er seinem früheren Kollegen erzählen? Dass Lutz Graf, dieser vorbestrafte, gewaltverliebte Scheißkerl, während der letzten Jahre zu einer Art Führerfigur aufgestiegen war? Dass er inzwischen abgetaucht war und niemand mehr wusste, wo genau er sich gerade aufhielt?

Eine Sache würde er jedoch um jeden Preis für sich behalten: Dass er sich seit Ayhans Tod nichts sehnlicher wünschte, als Rache zu nehmen. Endlich Vergeltung zu üben, von der er sich erhoffte, dass sie einen Teil seines Leids mildern würde.

Dann klärte Jäger seinen Gesprächspartner in wenigen Sätzen über sein Treffen mit Pascal Jung auf. Über die zersplitterte, von innerer Zerrissenheit und gegenseitiger Feindschaft geprägte Szene. Darüber, dass Jung sich aus diesen Gründen nur schwer die Existenz einer Gruppe vorstellen konnte, die zu Anschlägen dieser Art in der Lage wäre.

»Du musst mir einen Gefallen tun«, sagte Jäger am Ende seines Vortrags.

»Der da wäre?«

»Lutz Graf. Schon mal gehört?«

Haas blieb eine Weile stumm, während er offenbar durch seinen nikotingelben Vollbart kratzte. »Sorry, sagt mir leider gar nichts. Was für 'ne Pissnelke ist das?«

»Finde einfach nur so viel wie möglich über ihn heraus, okay? Mehr erzähle ich dir an anderer Stelle.«

»Jawohl, mein Führer!«, antwortete Haas und schlug am Ende der Leitung hörbar die Hacken zusammen. »Sonst noch was?«

Jäger kramte in dem Stapel Papiere herum, der auf dem Nachttisch neben seinem Bett herumflog, und zog das Foto heraus, das den Attentäter des ersten Anschlags in Vellmar zeigte. »Nur so ein ... wie hast du es genannt? Bauchgefühl. Ich hab mir das Foto von diesem Klein noch mal angesehen. Ist dir seine Tätowierung aufgefallen?«

Plötzlich wurde es wieder still in der Leitung. Jäger vermutete, dass Haas sich gerade nur einen weiteren Zigarillo ansteckte. Doch zu seiner Überraschung vernahm er diesmal keine der typischen Geräusche.

»Tätowierung?«, wiederholte Haas. Mit einem Mal klang seine Stimme hohl. »Was für 'ne Tätowierung?«

In wenigen Sätzen klärte Jäger ihn darüber auf, was er zu der liegenden Wolfsangel herausgefunden hatte. Währenddessen spürte er, dass diese Informationen seinen ehemaligen Kollegen schwer zu beschäftigen schienen. Ausnahmsweise war Haas in eisiges Schweigen verfallen. Jäger ließ trotzdem nicht locker und hakte immer wieder nach, bis sein ehemaliger Kollege endlich seine Stimme wiederfand.

»Wir … ich meine … die Polizei«, stotterte Haas. »Möglicherweise hat jemand den Täter gesehen.«

Jäger wollte nicht glauben, was er da hörte. Irritiert schüttelte er den Kopf und richtete sich in seinem Bett auf. »Ein Zeuge? Ich denke, es habe keinen gegeben?«

»Nun, einen wohl doch«, erklärte Haas. »Der hatte sich wegen irgendwelcher Kinkerlitzchen mit seiner Freundin gestritten und war allein zum Fest gegangen. Am Telefon ist sie ihm deshalb ordentlich aufs Dach gestiegen, und um die Sache zu beruhigen, hat er das Konzert dann mittendrin Richtung Innenstadt verlassen und wollte sich dort irgendwo mit ihr treffen.«

»Und wie habt ihr ihn gefunden?«

»Ist gestern Abend bei der Polizei in Wilhelmshöhe reingeschneit. Wohnt wohl da um die Ecke in der Kunoldstraße.«

»Wieso hat der Hund sich nicht früher gemeldet?«

»Was weiß ich. Wollte da vielleicht nicht mit reingezogen werden?«

Jetzt hörte Jäger wieder ein Feuerzeug. Er wartete, bis Haas den Rauch des ersten Zuges hinausgeblasen hatte. »Und was hat er euch erzählt?«, fragte er.

»Ihm ist wohl so 'n merkwürdiger Typ mit Rucksack aufgefallen. Mitte Zwanzig, normaler Körperbau, rotes Basecap.«

»Mit der Beschreibung kannst du die halbe Königsstraße hopsnehmen.«

»Laut unseres Zeugen muss der Kerl ziemlich nervös gewesen sein.«

»Trotzdem. Etwas zu dünn für meinen Geschmack.«

»Kommt drauf an«, erwiderte Haas kryptisch. »Im Vorbeigehen ist ihm außerdem eine Tätowierung am Arm dieses Typen aufgefallen.« Im Hintergrund raschelte Papier. Wahrscheinlich die Kopie der mehrseitigen Aussage, aus der Haas gerade zitierte. »Der Zeuge sagt aus, dass ihm die Tätowierung völlig unbekannt sei. Auf Nachfrage des Vernehmungsbeamten erklärt er, dass diese für ihn Ähnlichkeit mit dem Buchstaben W besäße.«

Die Wolfsangel, dachte Jäger. Vor lauter Überraschung fehlten ihm die Worte. Mit offenem Mund saß er kerzengerade in seinem Bett.

»Du musst Gas geben«, ergriff Haas nach einer Weile wieder das Wort. »Wie's aussieht, liegt dieser Typ vom MBT kräftig daneben.« Er blies hörbar mehrere kurze Züge ins Telefon. »Und wenn du Recht hast mit dieser Wolfsangel …«

Haas brauchte den Satz nicht zu Ende zu sprechen. Jäger wusste genau, worauf sein ehemaliger Kollege hinauswollte: Wenn er Recht hatte, waren die bisherigen Anschläge erst der Anfang.

Dann würden noch weitere Menschen sterben.

Viele weitere Menschen.

18

»Und du bist dir ganz sicher?«

Werner Böhl sah ihn erwartungsvoll an. Heß erwiderte den Blick ihres Förderers ... und nickte. »Einhundert Prozent«, bestätigte er.

»Woher stammt diese Information?«

»Von unserem Hinkebein.«

»Wieso weiß der davon?«

»Nun, dieser ... Dezernatsleiter hat es ihm wohl während ihres letzten Treffens brühwarm aufgetischt.«

»Und hat er ihm netterweise auch verraten, wann die ganze Sache starten soll?«

»Könnte meines Wissens schon im Gange sein. Aber es wird eine Weile brauchen, denke ich.«

»Wo steckt das Hinkebein gerade? Ich würde ihm gerne ein paar Fragen dazu stellen.«

»Er ...« Heß fuhr mit dem Finger die lederne Haut seiner Narbe entlang. »Er ist verschwunden.«

»Verschwunden?«, wiederholte Böhl ungläubig. »Und das erfahre ich erst jetzt?« Mit finsterer Miene zupfte er seine Krawatte zurecht. »Seit wann?«

»Seit vorgestern.« Heß kratzte sich an der Schläfe und senkte seinen Blick.

»Wer hat ihn zuletzt gesehen?«

»Wir alle«, log Heß. »Nach der Sache in Vellmar hatten wir uns zu einer Besprechung versammelt. Danach hat keiner mehr mit ihm geredet.«

»Ist euch was aufgefallen? Hat er Andeutungen gemacht?«

Heß schüttelte den Kopf.

»Verdammt nochmal, der verschwindet doch nicht einfach!«, fluchte Böhl. Dann starrte er eine Zeit lang wortlos in die Finsternis. Fuhr sich durch das schüttere Haar und zupfte abermals seine Krawatte zurecht, die er wieder unter einem Pullunder trug.

Erneut hatte er den Weg aus Mainhattan auf sich genommen. Denn das, was ihm Heß zu berichten hatte, war zweifelsfrei eine bahnbrechende Neuigkeit. Heß hatte lange überlegt, ob er ihren Förderer darüber in Kenntnis setzen sollte, was sich seit ihrem letzten Treffen getan hatte. Natürlich war er sich darüber im Klaren, dass Goebbels damit nur in letzter Sekunde seinen Arsch hatte retten wollen. Trotzdem zweifelte er nicht daran, dass dieser Spaghetti kurz vor seinem Tod in den Flammen dennoch die Wahrheit gesagt hatte.

Während ihr Förderer sich nun also das Hirn zermarterte, beobachtete Heß ihn unauffällig. Registrierte jede Regung in dessen Gesicht, die ihm verraten würde, ob sein Gegenüber ihm seine Lüge abkaufte, dass sie Goebbels zuletzt als Gruppe gesehen hatten. Neben der ständigen Wachsamkeit war das zweifellos ein weiterer Aspekt, den Heß während seiner Zeit im Knast gelernt hatte: Die Fähigkeit, andere Menschen zu lesen.

In einem Einführungsbuch zur Psychologie hatte er damals faszinierende Dinge über Kommunikation und Körpersprache erfahren. Seitdem war er stets bemüht gewesen, sich auf diesem Gebiet zum Experten fortzubilden, und so wurde die Gefängnisbücherei zu seiner täglichen Anlaufstelle. Etliche Stunden verbrachte er hier, angetrieben von seinem eisernen Willen, eines Tages nicht mehr nur in der zweiten Reihe zu stehen und Anführer einer schlagkräftigen Truppe zu werden. Einer Truppe, die diesen Drecksstaat endgültig begraben würde. Die Platz schaffen würde für das, was danach kommen sollte: Das *Vierte Reich.*

Dann wandte sich Werner Böhl ihm plötzlich wieder zu. Sein Blick war klar, als hätte er sich nun einen kühnen Plan zurechtgelegt. Er beugte sich zu Heß hinüber und weihte ihn in sämtliche Details ein: Seine Idee stellte das zukünftige Vorhaben der Wölfe völlig auf den Kopf. Ermöglichte ihnen eine gänzlich neue Strategie. Einen Weg, mit dem sie den Verfassungsschutz mit einem einzigen, zielgenauen Schlag vernichtend treffen konnten – vorausgesetzt, alles würde ihnen auch genau so gelingen.

Dabei kam es nur darauf an, wie überzeugend sie trotz dieser Information, die das Hinkebein kurz vor seinem Tod preisgegeben hatte, zum Schein an ihrem ursprünglichen Plan festhielten. Diese Tarnung mussten sie aufrechterhalten, denn sie würde die Voraussetzung für ihren Erfolg sein. Vielleicht war es ja sogar das Klügste, den anderen gar nichts von den neuen Verheißungen zu erzählen? Sie erst dann in alles einzuweihen, wenn Heß auch wirklich sicher sein konnte, dass es sich bei *ihm* tatsächlich um denjenigen handelte, von dessen Ankunft das Hinkebein Goebbels ihm berichtet hatte.

Jetzt, nachdem Werner Böhl seine Ausführungen beendet hatte, strahlten sich die beiden Männer zufrieden an.

Von einer solchen Chance hätten sie niemals zu träumen gewagt.

19

Nach dem Telefonat mit seinem ehemaligen Kollegen, wuchtete Jäger sich aus dem unbequemen Bett. Zur Erfrischung schaufelte er sich mehrere Ladungen eiskaltes Wasser ins Gesicht, streifte eine Stoffhose über und fischte das einzige noch saubere Hemd aus seinem Koffer. Zu guter Letzt rückte er vor dem verkratzten Spiegel seinen Stetson zurecht.

Draußen überquerte er zunächst die Straße und folgte dann dem Durchgang, der an dem Spielcasino und der Bankfiliale vorbei in die Treppenstraße führte. Nicht nur wegen der Tatsache, dass manche Ladengeschäfte verschwunden und dafür neue eingezogen waren, hatte sich die Stadt in den Jahren seiner Abwesenheit erkennbar verändert. Insgesamt drängte Jäger sich der Eindruck auf, dass Kassel sauberer geworden war – und mit dem Schmutz schien sogar ein wenig von dem biederen, provinziellen Mief, der immer zur DNA dieser Stadt gehört hatte, ein Stück weit verflogen zu sein.

Je mehr sich Jäger nun dem Friedrichsplatz näherte, desto lauter konnte er sie hören. Etwa zwei Dutzend grölende Gestalten, die in kleinen Gruppen über den Platz verstreut herumstanden: die Trinker- und Junkie-Szene. Einige von ihnen kickten leere Bierdosen durch die Gegend, während andere sich lautstark wegen irgendwelcher Lappalien fetzten oder die von ihren Lebensumständen gezeichneten Gesichter in der sengenden Sonne brutzeln ließen.

Zunächst hatte Jäger geplant, die Szene nur eine Zeit lang von einem sicheren Ort aus zu beobachten. So wollte er einen Eindruck davon gewinnen, welche Personen eigentlich genau

dazugehörten, ob es Hierarchien gab und wie sich der Tages-
ablauf der Leute gestaltete. Haas hatte es schon während ihres
Telefonats gesagt: Wenn Pascal Jung mit seinen Beschreibungen richtiglag, waren die Trinker und Junkies am Friedrichsplatz der einfachste Weg, um in Kontakt mit der Nazi-Szene
zu kommen.

Also überquerte Jäger den Opernplatz und strebte auf einen
der Außentische des *Alex* zu. Von hier aus, zwischen dem Gebäude des beliebten und stark frequentierten Lokals und dem
gläsernen Eingang zur Tiefgarage, vor Blicken durch mehrere
Bäume geschützt, würde er seine Observation durchführen. Er
wählte einen verwaisten Tisch am Rand, setzte sich in einen
der Rattansessel und bestellte bei einem jungen Kellner, dessen
gepierctes Gesicht aussah wie eine Splitterbombe, eine Tasse
Kaffee. Fürs Erste nichts Alkoholisches. Jäger brauchte einen
ungetrübten Verstand. Später, nach verrichteter Arbeit, würde
ihm immer noch genügend Zeit für Zerstreuung bleiben.

Die größte Gruppe, etwa zehn bis zwölf Personen, kauerte
auf den Treppenstufen, die hinunter zu den Grünflächen und
den roten Parkbänken führten. Was Jäger sofort auffiel: Alle
Männer, immerhin drei Viertel der Gruppe, trugen trotz der
sommerlichen Temperaturen verschiedenfarbige Mützen oder
Basecaps auf ihren Köpfen. Dazu mit schrillen Motiven be-
druckte, geradezu von billiger südostasiatischer Kinderarbeit
schreiende T-Shirts sowie zerfledderte Jeans und schlichte
Sneaker. Definitiv kein Kleidungsstil, mit dem sie zwischen
den Passanten allzu auffällig herausstachen.

Umso mehr taten dies jedoch ihre lautstark geführten, vul-
gären Unterhaltungen, von denen Jäger an seinem Tisch jedes
einzelne Wort verstand. Einer der Männer besaß einen Rott-

weiler, der immer wieder wahllos Passanten ankläffte und dafür Prügel von seinem Herrchen bezog. Müll und Unrat flogen auf den Stufen umher, und bei dem zartesten Windstoß wehte Jäger davon eine kostenfreie Geruchsprobe entgegen. Auch die Gäste an den Nachbartischen rümpften ob des Gestanks hin und wieder ihre Nasen.

Im Gegensatz zu den durchweg eher hageren Männern, waren die wenigen Frauen der Gruppe wohlgenährt. Mit dem Begriff *burschikos* waren sie wohl noch wohlwollend beschrieben. Zwei von ihnen trugen große schwarze Umhängetaschen, in denen sie Gott weiß was transportierten, den Geräuschen zufolge jedoch etliche leere Flaschen, in denen sich wahrscheinlich alkoholische Getränke befunden hatten. Von den Passanten in der Fußgängerzone setzten sie sich dabei vor allem durch ihre ungepflegte Erscheinung und weniger durch ihre Leibesfülle ab. Jäger schüttelte überrascht den Kopf: Würden diese Leute sich nicht so asozial verhalten, wären sie mit ein bisschen mehr Körperhygiene durchaus als ganz normale Bürger durchgegangen.

Fast jedenfalls. Wenn da nicht die in aller Öffentlichkeit geführten Drogengeschäfte gewesen wären. Allein in der ersten Viertelstunde hatte Jäger so viele davon mitverfolgt, dass er schnell verstand, wie der Hase lief: Sobald ein Interessent auftauchte, schlenderte abwechselnd einer aus der Gruppe zu dem schwarz gekleideten, dunkelhäutigen Mann, der gegenüber der Treppen an einer Säule des Portikus lehnte. Man unterhielt sich kurz, der Mann nickte, dann winkte der andere den Interessenten herbei. Hände wurden geschüttelt, Geldscheine und kleine Plastiktüten wechselten die Besitzer. Wenige Augenblicke später war das Geschäft abgewickelt. So schnell, dass es nur aufmerksamen Beobachtern aufgefallen wäre, und von denen schien es hier am Friedrichsplatz nicht gerade zu wimmeln.

Davon abgesehen, hatte Jäger nach über einer Stunde Observation keine hierarchischen Strukturen erkennen können. Auch Hinweise auf eine rechte, fremdenfeindliche oder rassistische Gesinnung der Leute waren Fehlanzeige geblieben. Die Szene am Friedrichsplatz schien einfach nur ein zugedröhnter, pöbelnder Haufen zu sein.

Während seiner Beobachtungen hatte Jäger jedenfalls erhebliche Zweifel bekommen. Hatte Pascal Jung sich etwa geirrt? Gab es möglicherweise überhaupt keine Verbindung mehr zwischen den Junkies am Friedrichsplatz und der Kasseler Nazi-Szene? Wenn nicht, wo sollte er dann mit seinen Ermittlungen ansetzen?

Jäger beschloss, trotzdem hier zu beginnen. Er bestellte einen weiteren Kaffee und schrieb sich ein paar Zeilen zu einer möglichen falschen Identität auf. Mit ihr würde er gleich morgen wieder auftauchen und versuchen, Kontakt aufzunehmen. Vielleicht würde er dafür bei dem Mann am Portikus auch eines von diesen Plastiktütchen kaufen, um Vertrauen zu gewinnen.

Denn neuen Schnee brauchte er ohnehin. Die Lines, die er an diesem Morgen gezogen hatte, waren seine letzten gewesen.

20

Dieser Typ war ihm nicht geheuer. Wo kam der überhaupt so plötzlich her? Tauchte an diesem Morgen einfach auf, setzte sich zu ihnen auf die Treppe, und obwohl ihn niemand kannte, benahm er sich so, als würde er schon jahrelang dazugehören. Als er seinen Rucksack öffnete und für alle eine Dose Bier ausgab, grölten die anderen vor Freude. Doch so leicht ließ Uwe Kerner sich nicht bestechen. Natürlich nahm auch er das kostenlose Bier an, aber während er die Hälfte auf ex hinunterkippte, behielt er den Neuen stets im Auge.

Eigentlich sah er aus wie einer von ihnen. Trug Klamotten, in denen er scheinbar bereits einige Nächte auf der Straße verbracht hatte. Auf dem Kopf ein ausgebleichtes Basecap, dazu ein fransiges T-Shirt und ausgelatschte Nike-Sneaker ohne Schnürsenkel. Sein Gesicht sah gezeichnet aus, wie das eines Säufers, und seine grauen Bartstoppeln waren die stillen Zeugen, dass auch er offensichtlich seit Tagen keinen Rasierer gesehen hatte.

Trotzdem verzog Uwe Kerner irritiert das Gesicht. Was ihn stutzig machte: Im Gegensatz zu allen körperlichen und geistigen Wracks, die sich am Friedrichsplatz tummelten, schien der Neue topfit zu sein. Ein sportlicher, trainierter Typ. So etwas gab es hier nicht. Die, mit denen Kerner abhing, waren allesamt träge Gestalten, erschlafft von der empfundenen Sinnlosigkeit ihres Daseins. Vom Fast Food, der Sauferei und den Drogen, angekommen in der Sackgasse ihrer eigenen Existenz. So jedenfalls fühlte es sich für Kerner an, Teil dieser Truppe zu sein.

Doch der Anblick des Neuen bewirkte noch etwas anderes bei ihm: Er erinnerte ihn an den Tag, an dem er selbst zum ersten Mal hier aufgetaucht war. Daran, wie die Treppen am Friedrichsplatz mit der Zeit zu seinem Zuhause und die Leute zu seiner neuen Familie geworden waren.

Angefangen hatte das alles kurz nach dem Unfall. Obwohl schon einige Jahre ins Land gegangen waren, verfolgten Kerner die Bilder nach wie vor. Jagten ihm jedes Mal einen kalten Schauer über den Rücken: der Anblick der lodernden, gefräßigen Flammen, die in ihrem Hunger nach Zerstörung die Körper seiner Frau und seiner Tochter verkohlten.

Trotz seiner schweren Verletzungen hatte er versucht, sie aus dem brennenden Auto zu ziehen. Doch vergebens: Während seine Familie, sein ganzer Stolz, sein Lebensinhalt, vor seinen Augen verbrannte, fühlte es sich an, als sei auch ein Stück von ihm in diesem Augenblick von den Flammen aufgefressen worden. Er, der viel zu schnell gefahren war, sodass sich ihr Wagen unzählige Male überschlagen hatte, war als Einziger lebend davongekommen. Seitdem war er überzeugt, dass es so etwas wie einen Gott nicht gab – und wenn doch, war er das sadistischste Schwein von allen. Auf jeden Fall jedoch niemand, zu dem es sich weiter zu beten lohnte.

Danach hatte das Leben für Kerner keinen Sinn mehr ergeben. Nach und nach war es mit ihm bergab gegangen. Zuerst hatte er seine Arbeit in der Verwaltung der Landeskirche verloren, dann mit dem Saufen angefangen, um die Bilder zu vertreiben, und als das nicht mehr half, hatte er es mit anderem Zeug probiert. Schnee, Steine, Pilze, H. Im Rausch beging er mehrere Selbstmordversuche, die allesamt kläglich scheiterten.

Bei diesem Gedanken schüttelte Kerner sich. Er versuchte, alle dunklen Erinnerungen beiseitezuschieben. Schließlich ging es jetzt darum, diesem neuen Kerl auf den Zahn zu fühlen. Herauszufinden, wer er wirklich war und was zum Teufel er hier zu suchen hatte.

»Hey, Mann!«, rief Kerner und beugte sich nach vorn. Der Neue hatte sich inzwischen einfach so neben Heike ans andere Ende der Treppe gesetzt. Kerner prostete ihm zu. »Wo kommst'n eigentlich her?«

Der Neue prostete zurück. »Hamburch«, sagte er. Vom Dialekt konnte das stimmen. »Bin erst gestern hier angekommen.«

Jetzt schaltete sich auch Heike in das Gespräch ein. Das Küken ihrer Gruppe, auf das Kerner schon seit Langem ein Auge warf, hatte wie sooft um diese Uhrzeit bereits ordentlich Druck auf allen Kesseln. Sie kippte einen Schluck Bier hinunter und wischte sich mit dem Handrücken den Mund ab. »Keinen Bock mmmmehr gehabt auf die … hicks … auf die Stadt?«

»Frag nicht, ey.« Der Neue rollte mit den Augen. »Nur noch Scheiße, den ganzen Tag. Ständig irgendwelche Drecksbullen. Haben uns überall gefilzt und uns den Stoff abgezogen. Wie soll man denn da Geschäfte machen?«

Heike grunzte vor Lachen.

Der Neue nickte in Richtung des Portikus, auf der anderen Seite des Pflasterwegs. »Ihr habt's da einfacher, wie ich sehe«, sagte er und nippte an seiner Dose. Eine Zeit lang beobachtete er kommentarlos die Passanten. Dann warf er Kerner einen angewiderten Blick zu. »Aber Muruks habt ihr hier genauso viele.«

Die anderen drehten sich zu ihm herum und nickten. Ganz besonders jedoch Karl, dem irgendein Kanake neulich

85

mitten auf der Treppenstraße bei einer Schlägerei kostenfrei die Kauleiste repariert hatte. Seitdem sah er aus wie eine dieser Comic-Figuren, mit nur einem einzigen Zahn im Oberkiefer. Das Sprechen bereitete ihm nach wie vor Schwierigkeiten, und da sich in der ganzen Stadt kein Arzt bereiterklärt hatte, ihn zu behandeln, war keine Besserung in Sicht.

»Jetzt kommen auch noch die ganzen Neger«, nuschelte er. »Und die Moslems. Als hätten wir von diesem Pack nicht schon genug.«

»Ja, die … die lassen einfach alle … rrrrein!«, gluckste Heike.

»Mutti macht sogar Selfies mit denen«, fluchte der Neue. Die anderen lachten.

Heike parodierte kurzerhand die Kanzlerin, die mit ihrem Handy wie ein aufgedrehter Teenie Fotos von sich schoss und dabei einen Schmollmund zog. »Und, an wem bleibt's hängen? An uns natürlich!«

Die Gruppe stimmte dem Neuen geschlossen zu. Wieder nickte Karl am energischsten. »Die kriegen einfach alles in den Arsch geschoben!«, fluchte er. »Unterkunft, Essen, Handy. Für uns Deutsche tun die 'nen Scheiß.«

»Hm-hm«, brummte der Neue. »Da in Vellmar neulich? Die Jungs, die das durchgezogen haben? Astreine Sache.«

Er trank einen Schluck Bier und sah den anderen der Reihe nach flüchtig ins Gesicht. Fast so, als hätte er auf eine besondere Reaktion gewartet. Eine euphorische Zustimmung zum Beispiel, so etwas wie: »Endlich sagt's mal einer!«

Weil jedoch niemand darauf einging, stellte der Neue seine Dose kurzerhand vor sich ab. Wischte sich über den Mund und streckte sein Gesicht zur Sonne, als wollte er jeden einzelnen Strahl in sich aufsaugen und ihn dort für dunklere Stunden konservieren.

Für Uwe Kerner sah das nach einem klassischen Ablenkungsmanöver aus. Schon früh in seinem Leben hatte er ein sensibles Gespür für Menschen entwickelt. Eine Art Alarmsystem, das ihn davor warnte, wenn einer ein falsches Spiel trieb. Damals, als er noch für die Landeskirche gearbeitet hatte, war ihm das immer eine große Hilfe gewesen.

Durch die Äußerungen des Neuen war er hellhörig geworden. Irgendetwas an dem Kerl gefiel ihm nicht. Für ihn stank dieser Typ aus jeder Pore nach Bulle, und Kerner hätte seinen Arsch darauf verwettet, dass er richtiglag. Sahen die anderen das denn nicht? In Gedanken legte er sich eine Strategie zurecht, um den Neuen zu entlarven.

»Jungs?«, fragte Uwe Kerner mit gespielter Verwunderung.

In den Augen des Neuen flackerte Panik auf. Als ob er bereits das offene Messer erahnte, in das Kerner ihn gleich hineinlaufen lassen würde. »Hm?«

»Na, in Vellmar. Du sagtest eben Jungs ...«

Der Neue griff nach seiner Dose und nippte. »Kann sein.«

Mit der Schulter stieß Kerner seinen Sitznachbarn an. Das genügte, um Karls Aufmerksamkeit von den Geschehnissen am Portikus, wo wieder einmal ein Geschäft abgewickelt wurde, zurück auf das Hier und Jetzt zu lenken.

»Aber die Bullen ...« Wie pawlowsche Hunde schreckten bei diesem Wort nun auch die anderen auf. »Die sagen doch, der Typ hätte das allein durchgezogen?«

Wieder kippte der Neue einen Schluck Bier hinunter. Sein Blick ließ Kerner glauben, dass er auf der richtigen Fährte war.

Inzwischen war dieser Typ seinem verbalen Messer schon gefährlich nah gekommen. Jetzt fehlte nur noch der Todesstoß, mit dem Kerner ihn von seiner Treppe vertreiben würde. »Woher weißt du dann, dass es mehrere waren?«

»Weiß ich nicht«, antwortete der Neue. Er stellte die leere Dose vor sich ab und zerdrückte sie mit einem geübten Fersentritt. Griff sich anschließend ans Basecap und spielte verlegen an ihm herum. »Ist nur so 'ne Ahnung, Mann.« Es hörte sich an, als bemühte er sich, so beiläufig wie möglich zu klingen.

Doch es war bereits zu spät. Die anderen hatten seine Fährte gewittert. Sein Verhalten sprach nicht gerade für ihn, und so schien die Saat des Zweifels, die Kerner gestreut hatte, gnadenlos aufzugehen. Jetzt musste er also nur noch zustechen: »Oder bist du etwa ...?«

Er brauchte den Satz nicht zu beenden. Auch ohne das entscheidende Wort bedachten die anderen den Neuen mit verächtlichen Blicken. Blanke Abscheu flackerte in ihren Augen. Letztlich war es Karl, bei dem sie zuerst in Form von Worten heraussprudelte.

»Kollege, du hast jetzt genau drei Sekunden, um die Flatter zu machen«, sagte er, während er mit gespreiztem Daumen quer über seinen Hals entlangfuhr. »Und das auch nur, weil du uns ein Bier spendiert hast ...«

21

Das war ja mal so richtig in die Hose gegangen! Auf dem gesamten Rückweg in seine Wohnung fluchte Jäger vor sich hin. Wie hatte er nur so unprofessionell sein können? Dabei war es doch mehr als offensichtlich gewesen, dass Uwe, der sich als Platzhirsch geriert hatte, einfach nur darum gegangen war, seine Position zu verteidigen.

Wahrscheinlich das Resultat meiner langjährigen Pause, dachte Jäger. Seine Antennen für derartige Situationen waren spürbar eingerostet. Früher wäre ihm so etwas jedenfalls nicht passiert. Vielleicht war es aber auch der Schnee, der ihn zu sehr gepusht und somit seinen Übermut befeuert hatte? So oder so hätte er viel sensibler an die Sache herangehen müssen. Bei dem Versuch, mit dem Kopf durch die Wand zu gehen, gewann eben doch meistens die Wand.

Damit war Jägers Chance, über die Trinkerszene am Friedrichsplatz Kontakt zur rechten Szene aufzunehmen, nun passé. Uwe, Heike, Karl und wie sie sonst noch alle hießen, hatten Zweifel an Jägers Identität bekommen, und das war der Todesstoß für seinen Plan gewesen. Dort, am Friedrichsplatz, als Bulle oder bullenähnliches Surrogat zu gelten, verriegelte so ziemlich jede Tür zu irgendwas.

Wieder in der Wohnung angekommen, riss Jäger sich das Basecap vom Kopf, das Teil seiner misslungenen Tarnung gewesen war, und pfefferte es in eine Zimmerecke. Am liebsten hätte er jetzt stundenlang auf den Sandsack eingeprügelt und sich ausgepowert. Über eine besonders hohe Frustrationstoleranz hatte er noch nie verfügt, und da sein Blut ziemlich schnell hochkochte, sobald etwas nicht nach seiner Vorstellung lief, war der Sandsack zu Hause in seinem Trainingsraum schon oft zur Rettung in letzter Not geworden.

Diesmal lockte ihn jedoch der Schnee. Dieser neunzigprozentige, angeblich so astreine Stoff, der ihm von dem wortkargen, dunkelhäutigen Dealer am Portikus verticktt worden war, bevor Jäger seinen jämmerlichen Versuch gestartet hatte.

Dazu reinigte er die Oberfläche des Nachttischs mit einem Tuch und trocknete sie anschließend ab. Fischte das Plastiktütchen aus seiner Hosentasche und kippte vorsichtig etwa ein Viertel des Stoffes aus. Bevor er sich auf den Boden kniete, teilte er das Pulver mit einer Plastikkarte in kleine Portionen.

Dann öffnete er die einzige Schublade, griff nach dem Strohhalm und zog die akkuraten Lines hintereinander weg. Mit einem Lächeln auf den Lippen legte er sich rücklings auf den Teppich und wartete auf den *Punch*. Auch wenn der nach all den Jahren seines Konsums natürlich nicht mehr an das sensationelle Gefühl herankam, das noch beim ersten Mal seinen Körper durchflutet hatte. Dieses synaptische Feuerwerk würde Jäger niemals vergessen.

Damals hatte Ayhan ihn während ihrer Kampfpause eines kleinen Vorstadt-Turniers zu sich auf die Toilette gerufen. Sie hatten sich beide ins Halbfinale geboxt, wenn auch wie immer in unterschiedlichen Gewichtsklassen. Durch diesen Umstand war es glücklicherweise nie zu einem Aufeinandertreffen der beiden Freunde gekommen.

Zunächst hatte Jäger sich noch Sorgen gemacht. Hatte befürchtet, sein bester Freund habe sich womöglich verletzt oder vielleicht die Hosen voll vor seinem nächsten Gegner, einem Polen namens Marek Witkowski, der sich mithilfe seiner wuchtigen Roundhouse-Kicks ins Halbfinale gefightet hatte. Das hätte Ayhan allerdings so gar nicht ähnlich gesehen, denn normalerweise wäre Jägers bester Freund sogar mit eineinhalb Promille im Blut noch wagemutig gegen ein Tag Team aus Bruce Lee und George Foreman in den Ring gestiegen.

Also schlich Jäger sich damals nach unten in den Keller der Sporthalle, wo Ayhan ihn bereits freudestrahlend an der Toilettentür empfing. Sein bester Freund legte einen Arm um seine Schulter und zwinkerte. Schob ihn sanft in eine der Kabinen und schloss hinter ihnen ab.

»Ich hab da was«, flüsterte er, »damit werde ich diesem Polacken gleich ordentlich einheizen.«

Ayhan tastete die Rückseite des Spülkastens entlang. Zog eine gefaltete Karteikarte hervor, an der ein kleines Plastiktütchen und ein etwa fünf Zentimeter langer, abgeschnittener Strohhalm klebten, und zwinkerte ein weiteres Mal.

»Das bringt uns zu den Sternen, Baby.« Er faltete die Karteikarte auseinander, öffnete das Tütchen und teilte das Pulver in vier fast gleich große Linien.

Entsetzt sah Jäger ihm dabei zu. »Alter, vergiss es«, fauchte er, als Ayhan ihm erwartungsvoll in die Augen blickte. »Wenn Rasul davon Wind bekommt?«

Ihr Kickbox-Trainer war dafür bekannt, dass er bei Drogen noch weniger Spaß verstand als sonst – was eigentlich unmöglich schien. Erst vor Kurzem hatte er Timo, einen seiner langjährigen Schüler, mit einem Joint erwischt und ihm noch am selben Abend ein lebenslanges Trainingsverbot erteilt.

»Zum Glück ist der Alte ja heute nicht hier«, erwiderte Ayhan. »Ist auch nur dieses eine Mal. Ich schwör's dir, Mann, damit kämpfst du wie 'n Stier.« Er legte seine Zeigefinger an die Schläfen, sodass sie aussahen wie Hörner, und imitierte mit seinem Kopf mehrere Stoßbewegungen.

Jäger schmunzelte. Ayhan stieß ihn mit der Schulter an, krallte sich den Strohhalm und zog mit einer gleichmäßigen Bewegung eine Linie durch die Nase. Dann riss er seine Augen auf, schüttelte sich und pfiff bewundernd durch die Zähne. Die Qualität des Schnees schien ihn zu überzeugen. »Jetzt mach schon! Ich muss doch gleich da hoch und den Typen fertigmachen.«

Wieder einmal war es ihm gelungen, Jäger zu etwas zu überreden. So war er auch beim Kickboxen gelandet. Ohne Ayhan, der ihn damals stundenlang bequatscht hatte, wäre Jäger niemals zu einem Probetraining gegangen. Und außerdem: Was war denn schon dabei, es mal zu probieren? Vielleicht lag darin ja Ayhans Geheimnis, warum er im Ring immer so viel Power ausstrahlte. Sein Elan, seine Hingabe und seine Opferbereitschaft hatten Jäger von Anfang an begeistert. Ayhans Kämpfe waren allesamt ein Spektakel gewesen, und damals las sich seine Bilanz noch genauso makellos wie der Schnee, den er seinem besten Freund in diesem Moment unter die Nase hielt.

Deshalb riss Jäger ihm kurzerhand den Strohhalm aus der Hand. Legte an, holte tief Luft und zog dann die restlichen drei Linien ohne Absetzen hintereinander weg. Ayhan beobachtete ihn mit beeindruckter Miene und klopfte ihm anerkennend auf die Schulter.

Als Jäger fertig war, nahm Ayhan den Strohhalm wieder an sich. Zusammen mit der Karteikarte und dem Plastiktütchen warf er das Paket in die Toilette und zog an der Spülkette. Die Überreste ihres Konsums verschwanden in einem tosenden Wasserwirbel, der alles mit sich in die Kanalisation sog. Ayhan schniefte die Nase, und nachdem sie sich am Waschbecken mit kaltem Wasser erfrischt und die Spuren des Schnees beseitigt hatten, gingen sie durch die düsteren Katakomben zurück nach oben zur Sporthalle.

Je näher sie ihr kamen, desto lauter drängten die Geräusche an Jägers Ohr. Das jubelnde Publikum, die ständigen Rufe der Trainer und das ächzende Stöhnen der Kämpfer. Schon vor der Tür empfing ihn ein intensiver Geruch. Eine Mischung aus Adrenalin, Schweiß und verbrauchter Luft.

Es dauerte noch eine Viertelstunde, bis der Hammer kam. Dann jedoch haute er richtig rein. Scheiße, was zum Teufel war das denn?

Jäger hatte sich nie zuvor so klar und wach gefühlt. Mit einem Mal hatten sich seine Zweifel, ob er im Ring bestehen würde, in Luft aufgelöst. Mit seiner Spezialität, einem gesprungenen Horse-Kick, traf er seinen nächsten Gegner mit ungeahnter Wucht mitten in den Solarplexus und schickte ihn somit gleich in der ersten Runde auf die Bretter. Die Ringrichter warfen sich ungläubige Blicke zu.

Als Jäger in die Zuschauerränge sah, entdeckte er Gizem, die sich gegen den Befehl ihres Bruders in die Halle geschleust hatte. Sie schenkte ihm ein verhaltenes Lächeln, und nur mit Mühe unterdrückte Jäger den Impuls ihr zuzuwinken. Voller Stolz, ihr auf so überzeugende Weise seine Männlichkeit dargeboten zu haben, richtete er seinen Sportanzug. Genoss die Ansage des Hallenwarts, der ihn zum Finalteilnehmer kürte, und sah nur beiläufig zu seinem offensichtlich bewusstlosen Gegner herüber, über dessen Körper sich zwei Ärzte mit besorgten Mienen beugten und ihre Köpfe schüttelten.

Ayhan hatte nicht zu viel versprochen.

Von diesem Tag an war Jäger dem weißen Pulver verfallen.

22

Ein kalter Schauer war ihren Rücken hinuntergelaufen, als André plötzlich vor dem Laden gestanden hatte. Aus heiterem Himmel war er einfach wieder aufgetaucht. Genauso überraschend, wie er vor fünf Jahren verschwunden war.

Damals hatte Gizem das nicht verstanden. Manchmal hatte es sich angefühlt, als würde ihr Grübeln sie irgendwann von innen heraus auffressen. Nur allmählich hatte ihre Wut nachgelassen und Platz gemacht für ein langsam gedeihendes Verständnis.

Heute erinnerte sie sich vor allem an die schönen Dinge. Daran, wie liebevoll und fürsorglich André immer mit ihr umgegangen war. Dass sie bei ihm so sein konnte, wie sie wirklich war, und keine Erwartungen erfüllen musste. Ihm, und nur ihm, hatte sie von ihrem Traum erzählt, Therapeutin zu werden. André hatte sie stets darin bestärkt, ihm nachzugehen. Einen Traum nicht einen Traum sein zu lassen, sondern ihn aktiv zu verfolgen.

Jetzt, nur zwei Tage nach seinem ersten Blitzbesuch, stand er plötzlich wieder vor dem Laden ihres Vaters und starrte sie aus roten Augen an. »Diesmal werde ich nicht wegrennen«, versprach er. Demütig legte er die Arme hinter den Rücken. Um seinen Hals hing das Amulett, das sie ihm als Zeichen ihrer Liebe geschenkt hatte.

Gizem wusste nicht, was sie antworten sollte. Stattdessen stellte sie die randvolle Gemüsekiste vor ihren Füßen ab und betrachtete wortlos den Mann, in den sie sich zum ersten Mal in ihrem Leben verliebt hatte.

Müde sah er aus. Mit tiefen Ringen unter den Augen, offensichtlich gebeutelt von einer Erschöpfung, die er nicht mal eben so mit einer Mütze Schlaf abschütteln würde, und mit einem eingefallenen, zerfurchten Gesicht, das sich unter seinem geliebten Stetson zu verstecken versuchte. Wie früher spannte sich ein ärmelloses Rippshirt, das er unter dem offenen weißen Hemd trug, auch heute über seinem muskulösen Oberkörper. Vor ihr stand ein starker, aber gebrochener Mann. Gizem ahnte, dass ihre Liebe zu den Dingen gehörte, die dafür mit verantwortlich waren. »Was machst du hier?«, fragte sie.

»Ich ... ich wollte zurückkommen«, antwortete er.

Doch Gizem spürte, dass André ihr nicht die Wahrheit sagte. So wie damals. Stets hatte sie das Gefühl begleitet, dass er etwas vor ihr verschwieg. Vor allem die Frage nach seinem Beruf hatte ihn jedes Mal verstummen lassen. Der Mann, den sie so sehr geliebt hatte, war für sie trotzdem immer auch ein Mysterium geblieben.

»Seit wann bist du schon wieder hier?«

»Seit 'n paar Tagen.«

»Wo kommst du unter? Doch wohl nicht bei deiner Familie?«

André schüttelte den Kopf. »Hab mir 'ne kleine Wohnung genommen. Oben, in der Nähe vom Hauptbahnhof.«

»Und wie lange bleibst du?«

Er zuckte mit den Schultern. »Kommt drauf an.«

»Worauf?«

»Ob ich Arbeit finde.«

Gizem hustete gekünstelt. Mit ihrem Kinn zeigte sie auf die schwere Gemüsekiste zu ihren Füßen. »Wir könnten noch einen gebrauchen, der dieses Zeug hier schleppt.«

André erwiderte ihr zaghaftes Lächeln nicht. »Ich muss los«, sagte er. »War schön dich zu sehen.« Er tippte sich an den Hut, sah sich kurz um und tauchte dann in der vorbeiströmenden, bunten Menschenmenge ab.

Gizem sah ihm eine Zeit lang hinterher. Keine Frage, sein Besuch hatte sie innerlich aufgewühlt. Immerhin hatte sie lange gebraucht, um mit dem, was zwischen ihnen passiert war, einigermaßen fertigzuwerden. Trotzdem spürte sie, dass es immer noch da war: Dieses unsichtbare Band, das André und sie zueinander zog. Das sich dehnen konnte und dennoch niemals abzureißen schien.

23

Jäger kehrte vom Stern zurück in seine Wohnung. Natürlich hätte er auch den Bus oder die Straßenbahn nehmen können, aber das hatte er schon damals, vor seiner Flucht, lieber vermieden. Denn in seinen Augen war der ÖPNV in Kassel eine echte Zumutung: zu voll, zu wenige Verbindungen, und bei der Fahrweise mancher Bus- und Tramfahrer wusste man nie, ob man ohne Blessuren wieder herauskam. Soweit Jäger bisher beurteilen konnte, hatte sich an diesen Umständen auch noch nichts geändert.

Während er sich nun die Werner-Hilpert-Straße hinauf bemühte, stach ihm der leuchtende *BURGER KING*-Schriftzug am Hauptbahnhof ins Auge. Jetzt, mit bewusstem Blick, kam ihm dieser völlig überdimensioniert vor. Als ob die Fast-Food-Kette den bedeutendsten Teil des Kulturbahnhofs darstellte. Die Insignien der Moderne, dachte Jäger. Kultur und Schnellimbiss vereint in einem einzigen Gebäude.

Trotzdem gab er der Verlockung nach und bestellte bei der Thekenkraft, einer jungen, dunkelhaarigen Frau mit einem breiten Haarband, mehrere Cheeseburger und einen großen Milchshake. Suchte sich anschließend mit der Tüte in der Hand auf dem Vorplatz eine freie Stelle auf einer Holzbank, ließ sich nieder und biss in einen der Burger. Warmes Fett lief an seinem Kinn hinunter, das er mit einer Serviette abwischte.

Gedankenverloren betrachtete Jäger den *Himmelsstürmer*: Die Skulptur eines US-amerikanischen Künstlers zeigte einen Mann, der ein langes, schräg zum Himmel aufsteigendes Stahlrohr emporkletterte. *Man walking to the sky.*

Obwohl Jäger damals ein fünfzehnjähriger Steppke war, beschäftigt mit seinem Kampf gegen freudig sprießende Akne, würde er den Sommer 1992 niemals vergessen. Damals, als das Kunstwerk im Rahmen der documenta zunächst auf dem Friedrichsplatz aufgestellt wurde, kam auch eine neue Schülerin in seine Klasse. Silke war anders als die Mädchen, die er bis dahin kannte: intelligent, schlagfertig und mutig genug, es mit jedem auf der Schule aufzunehmen, obwohl sie nur ein laufender Meter war. Sie war cool, und es gab keinen Jungen, der sich nicht ein Bein ausgerissen hätte, um ihr fester Freund zu werden. Vor allem aber ekelte Silke sich als Einzige nicht vor Jägers von Pickeln verunstaltetem Gesicht. Unbedingt wollte er sie deshalb damals einladen, zu einem Kinobesuch, ins Eiscafé oder von ihm aus auch zu einem Besuch auf der documenta.

Dann erfuhr Jäger jedoch, dass sein Vater, der Patriarch, sein ohnehin knappes Taschengeld komplett gestrichen hatte, weil er sich genötigt sah, aus steuerlichen Gründen eine enorme Summe für den Erhalt des Himmelsstürmers zu spenden. Während das Kunstwerk für viele Kasseler Bürger vor allem eine positive, aufstrebende Entwicklung der Stadt symbolisierte, stellte es für Jäger demnach eher genau das Gegenteil dar. *Man digging himself into the Ground* wäre für ihn das treffendere Kunstwerk gewesen, denn damals hätte Jäger sich am liebsten vor Scham im Boden vergraben.

Nachdem er nun die Cheeseburger verputzt hatte, fühlte er sich gestärkt. Zwar lag ihm das viele Fett bereits jetzt schwer im Magen, aber immerhin konnte er wieder klare Gedanken fassen. Er beschloss, zur Wohnung zurückzukehren und sich dort in Ruhe noch einmal die Aufnahme von seinem Gespräch mit Pascal Jung anzuhören. Möglicherweise würde er so auf einen Hinweis stoßen, wie er nun, nach seinem gescheiterten Versuch bei den Trinkern am Friedrichsplatz, als Nächstes vorzugehen hatte.

In der Wohnung angekommen, griff er erneut zu Zettel und Stift und setzte sich mit einem Glas Leitungswasser an den Küchentisch. Legte das Smartphone neben sich, stöpselte die Kopfhörer ein und startete die Wiedergabe. Spulte immer wieder vor und zurück und machte sich Notizen. Wegen der lauten Umgebungsgeräusche im Alex war er gezwungen, manche Passagen mehrmals anzuhören.

Als wichtigster Teil erschien Jäger die Stelle, als ihn Jung über die Zersplitterung aufgeklärt hatte. So etwas wie eine einheitliche Szene gäbe es nicht. Diese setze sich vielmehr aus unterschiedlichen Teilen zusammen. Aus strammen Ideologen, freien Kameradschaften, Alkohol- und Drogenabhängigen sowie Hooligans des KSV Hessen Kassel.

Hooligans, dachte Jäger. Möglicherweise war das die Lösung? Vielleicht würde er dort, im Auestadion, zwischen den gewaltbereiten Fans des KSV, mehr Erfolg haben? Denn so viel war selbst ihm, der zu dem ortsansässigen Fußballverein nie eine Verbindung gespürt hatte, nicht entgangen: Die Hools des KSV galten als überzeugte Verfechter der dritten Halbzeit, wie man die Prügeleien nach dem Spiel im Fan-Jargon nannte.

Jäger schaltete sein Tablet ein, mit dem es sich angenehmer als mit dem Smartphone im Internet surfen ließ, und durchforstete das Netz nach einschlägigen Berichten und Artikeln. Schnell stieß er zu seiner Überraschung wieder auf einen Beitrag des jungen Politikredakteurs David Wächter, der seinen Lesern einen Überblick über den Zustand der Kasseler Szene gab. Jäger überflog den Artikel und scrollte anschließend weiter nach unten, wo er Wächters Kontaktinformationen fand. Ohne zu zögern griff er nach seinem Handy, wählte die Nummer, unter der der Nachwuchs-Journalist in der Redaktion zu erreichen war, und wartete.

Würde Jäger von ihm die Informationen erhalten, die er für sein Vorhaben so dringend benötigte? Ein weiteres Mal durfte sein Versuch, Kontakt zur rechten Szene zu bekommen, jedenfalls nicht in die Hose gehen.

Denn Jäger war sich sicher: Allzu viel Zeit blieb ihm nicht mehr.

24

Wie erholsam, dachte David Wächter, als er aus der Konferenz am Nachmittag an seinen Schreibtisch zurückkehrte. Denn Borowski, sein Kollege, mit dem er nun schon drei Jahre lang seinen Arbeitsplatz teilte, befand sich seit Anfang der Woche im Urlaub. Die Abwesenheit des Stinkstiefels sorgte unverkennbar für eine gelöste Stimmung in der Redaktion. Auch ihr Ressortleiter, dieses ewige Nervenbündel mit Nerven wie Nudeln, war plötzlich die Ruhe selbst. Die Konferenzen verliefen reibungslos und ohne Beleidigungen, und David, dessen Arbeiten Borowski eigentlich immer kritisierte, erntete viel Lob für seine Artikel.

Das waren aber auch die einzigen guten Nachrichten. Denn das Attentat vor der Orangerie hatte auch in der Redaktion für einen schrecklichen und immer noch spürbaren Verlust gesorgt: Die Bombe hatte ihren jüngsten Kollegen mit in den Tod gerissen. Jonas, der für den HNA-Blog *Kassel Live* über das Konzert vor der Orangerie berichten wollte, war wegen seiner ansteckend positiven Ausstrahlung bei allen immer sehr beliebt gewesen. Dann war sein Platz von einem auf den anderen Tag leer geblieben.

Doch in dieser dunklen Stunde bewies Dieter Naumann, der Ressortleiter, echte Führungsqualitäten. Anstatt alle zusammenzutrommeln, bat er einen nach dem anderen zu sich in den Konferenzraum. In vertraulichen Einzelgesprächen gab er ihnen die Gelegenheit zu erzählen, was die grausamen Ereignisse bei ihm oder ihr ausgelöst hatten, und stellte jedem frei, sich bei Bedarf für ein paar Tage aus der Redaktion zurückzuziehen. Tatsächlich meldeten sich viele Kollegen krank, sodass die Redaktion zeitweise regelrecht brach lag.

Schon auf der ersten Konferenz nach dem Anschlag in Vellmar hatte Naumann sich an David gewandt und ihm grünes Licht für einen kritischen Artikel gegeben. Darin sollte er den vielen ungeklärten Fragen auf den Grund gehen, die auf der eilig einberufenen Pressekonferenz der Ermittlungsbehörden nicht beantwortet worden waren. Vor allem eines trieb die Menschen in der Stadt um: Hatte es sich bei Alexander Klein tatsächlich um einen Einzeltäter gehandelt?

Durch die Explosion vor der Orangerie war diese Frage noch stärker in den Fokus der Öffentlichkeit gerückt – und das kurz nach der Fußball-Europameisterschaft in Frankreich, während der eine so belebende Stimmung in Kassel geherrscht hatte. Die Angst vor weiteren Anschlägen war nun überall zu spüren. Wie eine schwarze Wolke hing sie tief über der Stadt, und man musste fast von Glück reden, dass die EM bereits vorbei war und es keine Public-Viewing-Angebote mehr gab. Denn die Menschenansammlungen am Königsplatz oder im Auestadion hätten ideale Möglichkeiten für weitere Terroranschläge geboten. Sie wären perfekte weiche Ziele gewesen, wie man schwer zu schützende, weil öffentliche Orte in der Fachsprache nannte.

Bis heute hatten die Behörden immer noch keine belastbare Zahl herausgegeben, wie viele Menschen bei der Explosion vor der Orangerie in den Tod gerissen worden waren. An David, der sich den kritischen Artikel zunächst ohne Weiteres zugetraut hatte, nagten schon bald zunehmend Zweifel, ob er dieser Aufgabe auch wirklich gewachsen war. Doch Naumann bestand darauf, dass er dranblieb.

Jetzt holte ihn der schrille Klingelton seines Telefons in die Gegenwart zurück. David saß an seinem Schreibtisch und hatte nicht bemerkt, dass er tief in seine Gedanken versunken war.

»Hessisch Niedersächsische Allgemeine, Lokalredaktion Kassel, guten Tag«, betete er seine übliche Begrüßung herunter, während er zeitgleich Zettel und Stift zur Hand nahm. Diese Angewohnheit hatte sich in seiner bisherigen, wenn auch kurzen Karriere, bereits mehrfach bewährt.

»Ist dort David Wächter?«

Die Stimme des Mannes am anderen Ende der Leitung klang brüchig. Niedergeschlagen. So, als wäre er möglicherweise bei einer psychologischen Beratungsstelle besser aufgehoben. Wie jemand, der kurz davor stand, in ein tiefes Loch zu fallen, aus dem er ohne fremde Hilfe nur schwer wieder herauskommen würde.

»Der bin ich«, bestätigte David. »Darf ich fragen, mit wem ich spreche?«

»Richard Scholl.«

David notierte sich den Namen.

»Haben Sie nicht mal einen Artikel über die Kasseler Hooligan-Szene geschrieben?«

»Das ist korrekt, Herr Scholl. Ist aber schon eineinhalb Jahre her.« Die Stille, die plötzlich in der Leitung herrschte, gab David die Zeit, sich daran zu erinnern, wie Naumann ihm damals diesen Artikel aufgebrummt hatte. Aus redaktionspolitischen Gründen, hatte David vermutet, um Borowski zum x-ten Mal eins auszuwischen. Es dauerte Wochen, bis der Stinkstiefel wieder ein paar Worte mit ihm gewechselt hatte – und dann auch nur die nötigsten.

Plötzlich hörte David ein Wimmern in der Leitung. Der Anrufer schluchzte und rang vergeblich um Fassung.

»Mein, mein Sohn«, stotterte er. »Er war ... Die Explosion, sie hat ... Wir können ihm nicht mal die letzte Ehre erweisen.«

David begriff sofort: Der Sohn des Anrufers musste zu den zahlreichen Toten des zweiten Anschlags gehört haben. Musste wie so viele andere unschuldige Menschen dieser Eruption der Gewalt zum Opfer gefallen sein. Einfach aus dem Leben gerissen, von einer Sekunde zur nächsten. Inmitten der Klänge klassischer Musik, während eines anmutigen Geigensolos oder womöglich sogar mit einem Paukenschlag. Und wofür? Im Gegensatz zu den Schüssen in Vellmar fiel hier kein naheliegender Verdacht ins Auge. Nichts, das auf die Motivation des Täters oder der Täter hindeutete. Einfach nur kaltblütiger Massenmord. Töten um des Tötens willen.

David räusperte sich. »Mein herzliches Beileid, Herr Scholl. Ich finde wirklich keine Worte, um Ihnen zu sagen, wie sehr –«

»Es waren diese Schweine«, unterbrach ihn der Anrufer.

Mit einem Mal klang seine Stimme wieder lebhafter. Offenbar genährt von einem tiefliegenden Hass, der ihm vorübergehend ungeahnte Kräfte verlieh, ihn auf lange Sicht jedoch von innen heraus zerfressen würde wie ein Krebsgeschwür.

»Diese Scheißkerle aus dem Auestadion. Wieso steckt die niemand in den Knast?«

»Sie meinen die Hooligans?«

»Wen den sonst? Dieses braune Dreckspack!«

»Nun, so braun, wie Sie sagen, sind die gar nicht.«

»Bitte? Haben Sie sich diese Verbrecher mal angesehen?«

»Durchaus. Während meiner Recherchen habe ich etliche Spiele besucht.«

»Und haben Sie dabei eine Augenklappe getragen? Oder warum sind Ihnen diese Kerle nicht aufgefallen?«

David ignorierte diese sarkastische Bemerkung. Zum einen war er nach drei Jahren Zusammenarbeit mit Borowski ziemlich abgehärtet. Zum anderen empfand er tiefes Mitgefühl für das unsägliche Leid des Anrufers. Er mochte sich gar nicht vorstellen, welche Verzweiflung wegen des plötzlichen, sinnlosen Todes seines Sohnes in ihm steckte.

»Ich leugne nicht, dass diese Männer im Auestadion zum Teil gewaltbereit sind«, fuhr David mit seiner Einschätzung der Kasseler Hooligan-Szene fort. »Eine rechtsradikale Gesinnung, wie Sie sie andeuten, besitzen die allerdings nicht.«

»Sie nehmen mich auf den Arm?«

»Keinesfalls, Herr Scholl. Glauben Sie mir, ich hab's mir ja zunächst selbst nicht vorstellen können. Aber die meisten von denen sind in der Tat überraschend unpolitisch. Wollen dort ihre Aggressionen rauslassen, den gegnerischen Fans eins auf die Mütze hauen und das war's.«

»Was sie ja auch regelmäßig tun.«

»Wofür sie im ganzen Land berüchtigt sind.«

»Und Sie? Sie halten das Stadion für den richtigen Ort dafür?«

»Natürlich nicht. Aber der KSV versucht wirklich, die Sache in den Griff zu bekommen.«

»Wer's glaubt.«

»Ich hatte darüber ein sehr interessantes Gespräch mit Tim Benzler, dem Fan-Sozialarbeiter des Vereins. Er kennt die Szene in- und auswendig. Hält ständigen Kontakt zu den beiden Gruppen der Ultras, *United Lions* und *Nuova Forza*. Die setzen sich massiv gegen rechts ein und unterbinden derartige Ausfälle im Stadion meistens sofort.«

»Wie viele dieser gewaltbereiten Idioten treiben sich denn da eigentlich rum?«

»Laut Benzler besteht der harte Kern der Hooligan-Szene nur aus zwanzig, maximal dreißig Personen. Natürlich gibt es auch Überschneidungen zu den Ultras, bei denen insgesamt etwa vierzig bis fünfzig Leute aktiv sind. Aber es bleibt dennoch ein überschaubarer Kreis, wie Sie sehen, den man recht gut kontrollieren kann.«

»Wenn Sie es sagen.«

»Natürlich sind das überwiegend Männer. Zwar weitaus mehr Frauen, als ich erwartet hatte, aber die kommen nach wie vor eigentlich nur wegen ihrer Freunde ins Stadion.«

»Und was sind das so für Gestalten? Knackis auf Freigang? Sozialschmarotzer?«

»Nun, es sind dort tatsächlich alle sozialen Schichten vertreten. Arbeiter und Arbeitslose, Studenten. Sogar der ein oder andere brave Familienvater.«

»Und haben die eine Art ... Führungsfigur? Einen, der den ganzen Laden an den Zügeln hält?«

Bei dieser Frage verzog David skeptisch die Augenbrauen. Er wusste nicht, was genau es war, aber mit einem Mal kam ihm der Wissensdurst seines Gesprächspartners verdächtig vor. Denn warum interessierte sich ein Mann, der angeblich erst vor wenigen Tagen seinen Sohn verloren hatte, plötzlich so für die Kasseler Hooligan-Szene? Glaubte er etwa wirklich, dass einer von denen hinter den Anschlägen stand? War es möglicherweise ein Rachegelüst, das ihn antrieb? Außerdem klang seine Stimme inzwischen bei Weitem nicht mehr so brüchig, wie noch am Anfang ihres Gesprächs. Spielte ihm da womöglich irgendjemand etwas vor? Wer zum Teufel war dieser Mann, und warum zeigte er ein derart ausgeprägtes Interesse an seinen Recherchen?

David holte tief Luft. »Wer sind sie?«, fragte er mit nachdrücklicher Stimme.

Stille. Sekundenlang keine Reaktion.

»Vielen Dank, Herr Wächter«, sagte plötzlich eine ruhige Stimme, die klang, als gehörte sie zu einer anderen Person. »Sie haben mir sehr geholfen.«

25

Was um alles in der Welt wollte denn dieser Fettkloß von ihm? Schon seit ein paar Minuten versuchte Jäger, den hartnäckigen Typ zwei Reihen hinter ihm zu ignorieren.

Durch sein Telefonat mit David Wächter waren massive Zweifel in ihm aufgekeimt. Lag das Mobile Beratungsteam wirklich derart daneben? Existierten in der Kasseler Hooligan-Szene überhaupt keine Kontakte ins rechtsextreme Milieu? Den Aussagen des Redakteurs zufolge war davon nicht auszugehen. Sollte etwa auch sein nächster Anlauf genauso ein Reinfall werden wie sein Versuch in der Trinkerszene auf dem Friedrichsplatz?

Jäger war allerdings gar nichts anderes übriggeblieben, als hier im Stadion aufs Neue anzusetzen. Eine bittere Erkenntnis zwar, aber die Hooligans stellten in der Tat seine letzte Hoffnung dar.

Deshalb hatte Jäger sich im Internet den Termin für das nächste Testspiel herausgesucht. Nur zwei Tage später stand er nun in der Nordkurve des Auestadions, mitten zwischen den Ultra-Fans. Unbeirrt schaute er zum Spielfeld, während ihm der Geruch nach Bratwurst und Bier in die Nase stieg.

Die zweite Halbzeit des Freundschaftsspiels gegen Kickers Offenbach war in vollem Gange. Der KSV lag durch zwei dumme Gegentreffer, ein Eigentor und einen unberechtigten Elfmeter, mit 0:2 hinten. Mit Ausnahme der üblichen Schmähgesänge und ein paar kleineren Raufereien vor dem Stadion, waren die Fans der beiden Vereine bisher nicht aneinandergeraten. Die Polizei, die mit mehreren Mannschaftsbussen angerückt war, hatte die Sache gut im Griff. Trotzdem spürte Jäger eine aggressive Grundstimmung, die über dem Stadion lag, und beobachtete deshalb die gegnerischen Fanblöcke weiterhin ganz genau.

Doch dann wurden das Geschrei und die Pfiffe in seinem Rücken nach und nach immer lauter. Jäger rollte mit den Augen, und auch einige Ultra-Fans in seiner Nähe, die einfach nur in Ruhe das Spiel sehen wollten, warfen bereits genervte Blicke herüber.

»Hey, du da mit der Fahne!« Der glatzköpfige Mann stand nur wenige Meter hinter ihm. Jäger drehte sich kurz zu ihm herum und scannte ihn mit einem flüchtigen Blick. Der Mann trug ein dunkles Holzfällerhemd, dessen Knöpfe aufgrund seiner Leibesfülle jeden Augenblick abzuspringen drohten. Durch seinen fortgeschrittenen Bierkonsum war sein Schwammkopf bereits hochrot angelaufen.

»Red ich Suaheli?«, motzte er weiter. »Nimm sofort das Ding da runter!«

Jäger hatte sich zur Tarnung im Fan-Point am Friedrichsplatz, dem offiziellen Fan-Shop des KSV, einen Trainingsanzug sowie eine Fahne in den Vereinsfarben Rot und Weiß gekauft. Jedes Mal, wenn die Fans zu einem neuen Gesang anstimmten, schwenkte er mit ihr ein paar Runden über seinem Kopf. Was wollte dieser Schreihals eigentlich von ihm? Er war schließlich nicht der Einzige hier mit einer Fahne.

Aber der Kerl ließ einfach nicht locker: Als Jäger plötzlich eine Hand auf seiner Schulter spürte, schoss er erschrocken herum und sah dem Querulanten in die Augen. Sofort erkannte er, dass an ihnen etwas ungewöhnlich war: Sie hatten zwei unterschiedliche Farben. Das hatte Jäger noch nie zuvor gesehen, und für einen kurzen Augenblick war er durch diesen Anblick so irritiert, dass er nicht wusste, in welches der beiden Augen er denn nun schauen sollte.

»Sperr mal deine Lauscher auf, Sportsfreund!« Der Mann packte Jäger am Revers und zog ihn ruckartig zu sich. Der Ausdruck in seinem Gesicht war so finster wie eine mondlose Winternacht. »Wer zum Geier bist du überhaupt? Hab dich hier noch nie gesehen. Tauchst einfach so in unserer Kurve auf und fuchtelst mit dem Ding vor meiner Nase rum.« Mit einem Nicken deutete der Mann auf die Fahne. Einige Fans, die mitgehört hatten, wandten sich grinsend wieder dem Spiel zu.

Jäger hingegen atmete lang und kräftig aus. Ob dieser Kerl wusste, dass er gerade russisches Roulette mit seiner Gesundheit spielte? Jedenfalls schien er es wirklich wissen zu wollen, denn wenn es eine Sache gab, die Jäger besonders hasste, dann war es die Hand eines Fremden an seinem Hals. Aus diesem Grund wandte er sich dem Mann nun gänzlich zu und nahm dabei sogar für einen kurzen Moment die Fahne herunter – aber nur, um sie womöglich gleich wieder zum Einsatz zu bringen.

»Folgende Möglichkeiten«, erklärte Jäger und streckte seinem Kontrahenten zwei Finger entgegen. »Numero uno: Du nimmst jetzt sofort deine Griffel von mir und verziehst dich mit deinem Bier dorthin, wo du hergekommen bist.« Unbemerkt wickelte er die Fahne mit einer Hand um den Holzstab. »Numero due: Du lässt deine Griffel, wo sie sind, und was dann passiert, überlasse ich deiner Fantasie.«

Der Mann nickte anerkennend. Trotzdem machte er keine Anzeichen, seine Hand von Jägers Revers zu nehmen. »Verlockendes Angebot«, sagte er. »Aber ich glaube, ich entscheide mich für Letzteres.«

Jäger verstärkte seinen Griff und packte den Stab, so fest er nur konnte. Dabei war er alles andere als scharf darauf, sich zur Wehr zu setzen. Eigentlich widerte ihn dieses ganze Kämpfen-Müssen an, denn er wusste, dass das niemals zu etwas Gutem führte.

Damals, als er die Nachricht von Ayhans Tod erhielt, hatte er damit abgeschlossen. Wollte nie wieder einem anderen Menschen bewusst Schaden zufügen – außer, wenn ihm

Ayhans Mörder gegenüberstand. Ansonsten wollte er einfach nur noch trainieren und anderen als Kickbox-Trainer beibringen, dass sie mit ihren Fähigkeiten verantwortungsbewusst umzugehen hatten. Das sollte sein Beitrag zu mehr Frieden und Harmonie sein.

Deshalb hatte er diesem fetten Kerl mit den unterschiedlichen Augenfarben auch eine echte Chance gegeben. Leider hatte dieser sich jedoch nicht allzu einsichtig gezeigt. Was blieb ihm also anderes übrig? Wer nicht hören wollte …

Jäger zog seine Hüfte zurück und holte Schwung. Rammte seinem Kontrahenten ein Knie in den Bauch, und trotz seiner massiven Panzerung taumelte der Mann mit schmerzverzerrtem Gesicht nach hinten. In hohem Bogen flog sein Bierbecher in die Menge. Erschrocken suchten die übrigen Besucher Schutz vor der klebrig-gelben Flüssigkeit, die auf sie niederregnete. Jäger hoffte, dass sein Kontrahent nun bereits genug haben und sich zurückziehen würde. Das wäre für ihn jedenfalls die gesündere Entscheidung gewesen.

Doch zu seiner Überraschung war der Mann äußerst zäh. Aufgeben kam für ihn anscheinend nicht in Frage, und so schüttelte er sich lediglich kurz und stemmte sich anschließend wieder auf die Beine. Lauthals schreiend stürmte er auf Jäger los und bedeckte ihn mit kraftvollen, wenn auch unkoordinierten Schlägen. Den ersten wich Jäger noch aus. Dann erwischte ihn plötzlich eine überraschende Kombination und schlug zwischen seinen Rippen ein. Wie ein Blitz schoss der Schmerz durch seinen Körper.

Sein letzter Kampf lag schon so viele Jahre zurück, dass er gar nicht mehr wusste, wie ein Treffer sich eigentlich anfühlte. An eine Sache erinnerte er sich jedoch noch genau: An die

Worte seines früheren Kickbox-Trainers. Immer wieder hatte Rasul ihm eingehämmert, dass das Einstecken das Wichtigste beim Kämpfen sei. Dass es nicht darauf ankäme, wie hart man selbst zuschlug, sondern nur, wie viele Schläge und Tritte man aushielt. »Mit Leben ist genauso«, hatte Rasul ihm noch vor dem Turnier, das alles veränderte, in seinem gebrochenen Deutsch verraten. »Musst du immer wieder aufstehen, André.« Kurz nach Ayhans Tod hatte Rasul seine Kickbox-Schule geschlossen und war zurück in seine Heimat gezogen. Für den gebürtigen Algerier war der Verlust eines seiner Schüler ein Schicksalsschlag zu viel gewesen.

Nach dem ersten Schock rappelte Jäger sich nun mühsam auf. Er versuchte, sich nichts von seinen Schmerzen anmerken zu lassen. Okay, wenn dieser Typ es so haben wollte ... Dann würde Jäger nun die zweite Stufe zünden. Manche brauchten eben länger, um ihre Lektion zu lernen.

Jäger holte mit dem Fahnenstab aus und verpasste seinem Kontrahenten einen Schwinger. An der Schläfe getroffen, sackte der Mann zu Boden. Platschte in eine riesige Bier- und Spuckelache und sah Jäger aus unterlaufenen Augen an. Wie ein Brummkreisel drehten seine Pupillen eine Runde nach der anderen. Ein klassischer K. o., dachte Jäger.

Dann spürte er plötzlich erneut eine Hand auf seiner Schulter. Bereit zum nächsten Punch, schoss er herum und holte mit dem Fahnenstab aus.

»Hey, hey, hey! Ruhig Blut, Kollege!« Der Mann, der ihn angetippt hatte, wich ruckartig zurück und hob anschließend beide Hände zu einer entschuldigenden Geste neben seinen Kopf. Quälte sich zu einem Lächeln, sodass sich in seinem halb geöffneten Mund der abstoßende Anblick einer breiten

Palette dunkelgelber Zähne offenbarte. »Ich schlage vor, du verschwindest von hier.« Er nickte in die Richtung des nächstgelegenen Tribünenaufgangs. »Hier rückt nämlich gleich die Kavallerie aus.«

Jäger sah ihn fragend an. »Bullen?«

»Hm-hm«, brummte der Mann, »und zu einem netten Plausch sind die dann beim besten Willen nicht aufgelegt.«

Jäger ließ seinen Arm sinken. Während er versuchte, seinen Atem zu beruhigen, sah er sich in alle Richtungen um. Keine Frage, der Kerl hatte Recht: Bei so vielen Polizisten, wie Jäger sie vor dem Stadion gesehen hatte, war es nur eine Frage von Sekunden, bis sie ihn in die Mangel nehmen würden. »Haste 'ne Idee?«, fragte er.

Nachdenklich legte sein Gegenüber die Stirn in Falten. Doch schon kurz darauf formten sich seine Lippen zu einem zaghaften Lächeln. »Komm mit«, bellte er und deutete Jäger mit einer Handbewegung, ihm zu folgen. »Ich weiß, wo du jetzt gut aufgehoben bist.«

26

Wie auf einem Schlachtfeld standen sich die beiden Gruppen gegenüber. Bis zur Oberlippe mit Adrenalin, Bier und Testosteron vollgepumpte Männer, die als eine Art Vorspiel martialische Schlachtrufe austauschten. Aufgerissene Augen und Münder, angespannte Muskeln sowie angedeutete Faustschläge und Fußtritte, soweit das Auge reichte. Über allem schwebte der saure Geruch ausgedünsteten Schweißes.

Ratlos sah Jäger sich um: Er stand mitten auf der sogenannten Kifferwiese. Nur wenige Hundert Meter entfernt von dem Ort, an dem die Bombe explodiert war, die etliche Menschen in den Tod gerissen hatte.

Wie versprochen hatte Nico, der nur Beule genannt werden wollte, ihn an der Kavallerie vorbei aus dem Stadion geschleust. Während sie anschließend hinter dem Gelände der Kunst-Uni entlang in Richtung Kifferwiese marschiert waren, hatte Jäger von Weitem einen Blick auf den Tatort werfen können: Die Karlswiese sah noch immer wie einziges Trümmerfeld aus, und auch aus der Fassade der Orangerie waren durch die gewaltige Explosion so riesige Stücke herausgerissen worden, als hätte man sie mit einer Abrissbirne bearbeitet. Dieser Anblick erinnerte Jäger an die Erläuterungen der Journalistin vom Hessischen Rundfunk, die offensichtlich nur gegen massive innere Widerstände überhaupt in der Lage gewesen war, die Szenerie zu beschreiben. Um das Gelände herum führte ein neonfarbenes Absperrband, an dem mit Maschinenpistolen bewaffnete Bundespolizisten patrouillierten und so den Schaulustigen den Weg versperrten. Die Beamten beäugten jeden Passanten mit grimmigen Blicken, während ihre Finger offensichtlich schussbereit an den Abzügen ihrer Dienstwaffen klebten.

Beules überraschender Rempler holte Jäger zurück auf die Kifferwiese. Irritiert warf er dem vollschlanken Mann, der sich neben ihm reckte und streckte, einen fragenden Blick zu.

»Dritte Halbzeit«, klärte Beule ihm mit einem breiten Grinsen im Gesicht auf. »Jetzt kommt der spannendste Teil des Spiels.«

Er dehnte seinen Hals zu beiden Seiten, sodass sein Nacken ein krachendes Geräusch von sich gab. Lockerte seine Arme, indem er mit ihnen vor und zurück ruderte, und bei all dem strahlte er eine merkwürdige Mischung aus Furcht und Entschlossenheit aus. So viel war klar: Das hier war nicht sein erstes Mal. Beule schien in der Szene bereits so etwas wie ein alter Hase zu sein.

»Du bist 'ne echte Verstärkung für uns«, sagte er und stieß Jäger erneut mit der Schulter an, »so, wie du den Kerl im Stadion bearbeitet hast.«

Natürlich hatte Jäger, der selbst nie ein begeisterter Fußball-Fan gewesen war, schon von der Dritten Halbzeit gehört. Davon, dass für manche Fans das eigentliche Highlight des Spieltags erst nach dem Abpfiff begann. Dann, wenn man sich mit den Anhängern der gegnerischen Mannschaft an einem Ort in der Nähe des Stadions traf und sich die auf beiden Seiten angestaute Wut innerhalb von nur wenigen Minuten wie die Eruption eines Vulkans entlud. Außerdem schien bei all dem auch nur eine einzige Regel zu existieren: Nämlich, dass es keine Regeln gab.

Und nun befand Jäger sich mittendrin. Während Beule weiter sein Aufwärmprogramm durchzog und seinen Körper dehnte, ließ Jäger seinen Blick über die Kifferwiese schweifen und suchte in Gedanken nach einer Möglichkeit, aus diesem Schlamassel irgendwie wieder herauszukommen. Vielleicht über die Treppen, die hinauf zur Neuen Galerie und zum Restaurant *Bolero* führten? Einen Moment lang wunderte Jäger sich, dass die Fans diesen Ort ausgewählt hatten. Obwohl in der unmittelbaren Umgebung so viele schwer bewaffnete Polizisten herumschwirrten. Da war es quasi vorprogrammiert, dass ihnen sehr bald ein paar Cops dazwischenfunken würden.

Doch dann, noch während er in seinen Gedanken seine Fluchtmöglichkeiten durchspielte, öffneten sich plötzlich die Pforten der Hölle. Wie von der Kette gelassene Terrier stürmten die Offenbacher Fans auf ihn los. Schlagartig lief Jägers Herz auf Hochtouren.

Durch ihre eigenen Schlachtrufe nach vorne gepeitscht, sahen die jungen Männer aus, als ob sie jeden, der ihnen in die Quere kam, ohne Rücksicht auf Verluste zerpflücken würden wie ein warmes Brot. Vor allem der athletische Typ in der Mitte preschte mutig voran. Trotz der sommerlichen Temperaturen hatte er sich mehrere Schals seines Lieblingsvereins um den Arm gewickelt, die bei jeder seiner Bewegungen wild umherflatterten. Ob dieser Typ so etwas wie ihr Anführer war? Er machte den Eindruck, als sei es ihm verdammt ernst.

Jäger besann sich darauf, was Ayhan ihm vor seinem ersten Turnier beigebracht hatte: Er schaltete in den Kampfmodus. Blendete bewusst jegliche Gedanken an Vergangenheit und Zukunft aus. Ließ seine Furcht und seine Zweifel beiseite. Befreite sich von allem, was sein intuitives Handeln blockierte.

»Spontan ist Wichtigste«, waren auch Rasuls Worte gewesen, »sonst du kannst vergessen.«

Jäger holte tief Luft. Beruhigte so seinen Atem und wiederholte in Gedanken das Mantra, das Ayhan und er sich vor jedem Kampf aufgesagt hatten. Meistens jedoch, nachdem sie ihre Lines gezogen hatten. Ein Zitat aus *Karate Tiger*, einem ihrer Lieblingsfilme, den sie sich so oft angesehen hatten, dass sie ihn mitsprechen konnten.

»Kein Rückzug. Kein Aufgeben.«

Genau wie zuvor noch im Stadion, blieb Jäger auch diesmal keine andere Wahl. Zwischen ihm und den heranstürmenden Offenbacher Terriern lagen nur noch wenige Meter. Mit ihnen würde er nicht diskutieren können. Diese Kerle verstanden nur eine einzige Sprache, und so sehr Jäger sich innerlich dagegen sperrte, würde er sie dennoch sprechen müssen.

Jeden Augenblick würden sie aufeinandertreffen.

27

»Prost!«, rief Beule. Er streckte dem Mann, der zum Testspiel gegen die Offenbacher Kickers plötzlich in der Nordkurve aufgetaucht war, sein frisch gezapftes Bier entgegen. »Mann, denen hast du ja richtig die Falten aus'm Sack geprügelt.« Er schlug mit der Faust auf die Theke.

Im Hintergrund trällerten verlassene Spielautomaten ihre ewig gleichen Lieder. Zusammen mit den dumpfen Geräuschen auftreffender Dartpfeile und den Gesprächsfetzen der Gäste, mischten sie sich zu dem typischen Sound einer gut besuchten Spelunke.

»Wie heißt'n eigentlich?«

»Scholl«, antwortete der Neue. »Richard Scholl.« Er griff nach einer Serviette und tupfte mit ihr über die Schramme, die er als Souvenir von der dritten Halbzeit mitgenommen hatte.

»Was dagegen, wenn ich dich Richie nenne?«

»Solange du mich nicht Papa nennst.«

Beule brüllte vor Lachen, und als er sich beruhigt hatte, kippte er den Schluck Bier eines sehr durstigen Mannes hinunter. Noch immer war er beeindruckt von den Szenen, die sich auf der Kifferwiese abgespielt hatten. Von Richies geschmeidigen und trotzdem effektiven Bewegungen. Davon, wie er unter den Schlägen der Offenbacher weggetaucht war und ihre Tritte ins Leere hatte laufen lassen. Dann die Wucht und Präzision seiner eigenen Angriffe, mit denen er sich durch die Menge gefräst hatte, sodass seine Gegner wie Sägespäne in der Luft herumgeflogen waren. Für Beule hatte das alles ausgesehen wie die Choreographie eines amoklaufenden Tänzers. Grazile und zugleich kraftvolle Bewegungsabläufe, die nur das Ergebnis eines jahrzehntelangen Trainings sein konnten.

»Wie nennt sich das eigentlich, was du da abgezogen hast?«, fragte Beule.

»Kickboxen«, antwortete Richie. »Noch nie gesehen?«

Beule schüttelte den Kopf. »Bringst du's mir bei?«

Sein neuer Kumpel scannte ihn von oben bis unten, während er weiter seine Stirn abtupfte. Beule wusste, dass er mit seiner untersetzten Figur nicht gerade eine Ausgeburt an Sportlichkeit war. Dafür verfügte er aber über ausreichend Masse, mit der er seinen Schlägen jedes Mal ordentlich Nachdruck verlieh.

»Dein Ernst?«, fragte Richie.

»Absolut. So wie du denen den Arsch versohlt hast?« Beule pfiff durch die Zähne. »Die Offenbacher sind normalerweise nicht gerade zimperlich. Und einstecken können die auch was.«

»Hab ich nichts von gemerkt. Hatte eher den Eindruck, die machen sich schon vorher ins Hemd.«

Wieder lachte Beule und klopfte seinem Kumpan mehrmals auf die Schulter. Dann trank er einen weiteren Schluck Bier und wischte sich mit dem Ärmel seines KSV-Trikots, an dem immer noch reichlich Blut klebte, den Mund ab.

»Wenn du mich fragst«, fuhr Richie schließlich fort, »hat's genau die Richtigen erwischt. Bei dem Menschenmüll, der da am Start war?«

»Du meinst ...?«

»Muruks, Muselmänner, Kanaken. Nenn die Schweine von mir aus, wie du willst.«

Bei diesen Ausdrücken drehten sich plötzlich einige der Kneipengäste in ihre Richtung herum. Vor allem die Männer aus der illustren Altherrenriege, die neben ihnen an der Theke lungerten. Als glühte bei diesem Thema ein verlorengeglaubter Lebensfunke auf. Einer von ihnen, der aussah, als würde er jede Sekunde vollständig in seinem Glas versinken, hob seinen Kopf und nickte Richie energisch zu. Ebenso wie der Barkeeper, der gerade Geschirr abtrocknete.

»Von denen hab ich echt die Schnauze voll«, redete Richie sich weiter in Rage. Seine Halsschlagader pumpte wie ein Feuerwehrschlauch. »Wenn das so weitergeht? Dann sieht's hier bald aus wie in Afrika. Und unsere Frauen? Für die ist der Gang durch die Stadt ja jetzt schon ein Spießrutenlauf.«

»Hey, Mann«, kommentierte Beule. »Bei mir rennst du da offene Scheunentore ein.« Er beugte sich zu seinem Trinkgenossen hinüber, zog sein Fußballtrikot ein Stück hoch und tippte zwinkernd auf das schwarzweiße Tattoo an seiner Schulter: Der Schriftzug *NationalerAufstand*. In altdeutscher Schrift, verstand sich. »Trotzdem musst du vorsichtig sein. Du bist hier zwar unter Freunden, aber ...«

»Ich gebe einen Dreck auf Freunde«, fluchte Richie, »und ich schere mich auch nicht drum, ob's irgendjemandem passt, was ich sage. Ich will was *tun*, verstehst du?«

»Hm-hm.« Beule bedeckte seine Schulter wieder.

»Und die Politik? Ein Haufen geld- und karrieregeiler Opportunisten.« Richies Augen glühten wie der Hintern eines Pavians. »Machen aus uns das Sozialamt der Welt. Schon jetzt ist jeder zweite Arbeitslose ein Ausländer.«

Grummelnd stimmten ihm die alten Herren an der Theke zu. Auch der Barkeeper schien mit dieser Meinung konform zu gehen, denn immerhin ließ er Richie nicht hochkant aus der Kneipe werfen. Ein Schicksal, das ihm in einem anderen Lokal sehr wahrscheinlich gedroht hätte.

»Haste 'ne Fluppe?«, fragte Beule. Wie so oft nach der dritten Halbzeit, vor allem aber, wenn er trank, überkam ihn jetzt die Lust nach einer Zigarette.

Richie grinste und stieß ihn mit der Schulter an. »Ich hab sogar noch was Besseres.«

Zusammen gingen sie nach draußen. Richie wartete ein paar Minuten, während er sich in alle Richtungen umsah. In unregelmäßigen Abständen zogen kleine, dafür umso betrunkenere Personengruppen an ihnen vorüber, die aus der Diskothek von der anderen Straßenseite zu dem beliebten Dönerladen gegenüber torkelten. Wie an jedem Wochenende hatte sich auch diesmal wieder eine Traube protzender, südländisch aussehender junger Männer vor dem Imbiss-Eingang gebildet. Zahlreiche Ladies spalierten zwischen ihnen hindurch und demonstrierten, dass Röcke nicht unbedingt breiter als ein Gürtel sein mussten.

Erst als er sich vergewissert hatte, dass niemand sie beobachtete, lüftete Richie das Geheimnis. Mit dem Rücken zur

Hauswand fingerte er ein passbildgroßes Päckchen aus seiner Gesäßtasche, und krokelte vorsichtig ein Stück Alufolie auseinander, die im schummrigen Licht der Straßenlaternen glitzerte. Beule war sich nicht sicher, was ihn in diesem Moment mehr anstrahlte: Richies breites Lächeln, mit dem er aussah wie der Joker aus Batman, oder aber das weiße Pulver, das er ihm entgegenstreckte.

»Na los«, sagte Richie. »Abflug zum Mond. Grüner wird's nicht.«

Beule griff nach dem Röhrchen und zog die Hälfte in einem Rutsch weg. Dann reichte er es an den Spender weiter, und nachdem Richie sich ein letztes Mal umgesehen hatte, besorgte er den Rest. Sofort danach wickelte er das Röhrchen wieder in die Alufolie ein und ließ das Päckchen in seiner Gesäßtasche verschwinden. Anschließend lehnte er sich neben Beule an die Hauswand. Aus der Kneipe drang weiter der Geräuschteppich aus dumpfem Gelächter, klirrenden Gläsern und künstlichen Automatenklängen.

»Hey, Mann«, sagte Beule und zeigte mit dem Daumen hinter sich. »Meinst du das ernst, was du da drin gesagt hast?«

»Hm?«

»Dieses ganze Zeug von wegen Schluss mit dem Gerede und so.«

Richie drehte seinen Kopf zu ihm. »Sieht so einer aus, der Witze macht?«

Beule erwiderte seinen Blick nicht, sondern schaute stattdessen hinauf zum Nachthimmel. Mit seinen Abermilliarden funkelnder Sterne sah er genauso klar aus, wie Beule sich jetzt gerade fühlte. Wach, entschlossen, als wüsste er ganz genau, was er nun zu tun hatte.

»Ich kenne da einen«, sagte er nach einer Weile, »der wird begeistert sein, das zu hören.«

28

Während Jäger angeschlagen nach Hause torkelte, spürte er die Vibrationen seines auf lautlos gestellten Handys. Er fischte das Smartphone aus der Hosentasche und sah auf das Display: wieder unterdrückte Rufnummer. Gerade um diese Uhrzeit, mitten in der Nacht, konnte das nur Haas sein. Schlief dieser dicke Grizzly eigentlich nie?

»Ich höre«, gluckste Jäger und hielt einen Rülpser zurück. Am anderen Ende der Leitung das Geräusch eines ausatmenden Rauchers.

»Stahlfaust«, hustete Haas eine knappe Begrüßung und kam dann sofort zur Sache. »Lutz Graf? Du erinnerst dich? Ich sollte alles über ihn herausfinden.«

»Lass hören.«

Haas nahm einen weiteren Zug und blies hörbar den Rauch aus. »Also, Graf hat gleich mehrere Male gesessen. Meistens wegen diverser Körperverletzungsdelikte. Aber auch für sehr junge Mädchen schien er früher mal ein Faible gehabt zu haben. Auf jeden Fall für die, bei denen der Staat noch die Hand draufhält.« Haas blätterte offensichtlich in seinen Unterlagen. »Außerdem hat er 'ne lange Liste von Hobbys: Tragen verfassungsfeindlicher Symbole, Widerstand gegen die Staatsgewalt, Verstoß gegen das Betäubungsmittelgesetz, Raub. Bei dem funkelt mein Bildschirm wie ein bunt geschmückter Weihnachtsbaum.«

»Was wisst ihr noch?«

»Nun, im Gefängnis ist er wegen seines Übergriffs auf 'n dreizehnjähriges Mädel damals nicht gerade der Beliebteste gewesen, um es milde auszudrücken. Jedenfalls hat ihm einer der Insassen während einer Schlägerei ein Messer durchs Gesicht gezogen. Seitdem läuft er rum wie Chucky, die Mörderpuppe.«

»Sonst noch was? Kindheit? Jugend?«

»Graf ist als Einzelkind aufgewachsen. Sein Vater war Polizist, die Mutter Verkäuferin. Die Familie hatte ein kleines Häuschen am Stadtrand von Fulda, war respektiert und angesehen in der Nachbarschaft. Eigentlich ein behütetes Leben ... zumindest auf den ersten Blick.«

»Und wann kommt das große Aber?«

»Na ja, bis irgendein zugekokster Typ bei 'ner stinknormalen Verkehrskontrolle plötzlich ausgetickt ist. Hat sich den Baseballschläger von seinem Rücksitz gekrallt und mit dem Kopf von Grafs Vater einen ordentlichen Home-Run geschlagen.«

»Und dessen Kollege? Hat der nicht eingegriffen?«

»Der war noch ein Anfänger, gerade frisch von der Schulbank. Hat den Kerl laufen lassen und dann, einige Wochen später, mit seiner Waffe auf'm Klo der Dienststelle ein paar hässliche Flecken hinterlassen.«

»Scheiße«, murmelte Jäger.

Für den Bruchteil einer Sekunde empfand er für Lutz Graf sogar so etwas wie Mitleid. Auch er, dieser personifizierte Teufel, hatte also in seinem Leben bereits einen schmerzhaften Verlust erlitten. Diese Vorstellung passte jedoch so gar nicht zu Jägers Bild, das über Graf in seinem Kopf existierte. Für ihn war er immer nur ein Mörder gewesen. Das Monster, das seine Fäuste mit Gips umwickelt und Ayhan im Ring zu Tode geprügelt hatte. Der die Verantwortung für alles trug: Für Jägers Schuldgefühle, die ihn seit damals überallhin begleiteten, und dafür, dass Gizem und er trotz ihrer Liebe füreinander wohl niemals wieder zusammenfinden würden.

Kurz bevor Jäger noch tiefer in seine Gedanken versank, hörte er Haas ein weiteres Mal an dem Zigarillo ziehen.

»Tja, das hat Graf wohl den Stecker gezogen«, fuhr sein ehemaliger Kollege fort. »Von da an ging's die soziale Leiter steil nach unten. Schule geschmissen, keine Ausbildung gefunden, Umzug nach Kassel. Hier dann Anschluss an die Drogenszene. Nach und nach Einträge in der Polizeiakte.«

»Kontakte in die rechte Szene?«

»Scheinbar war Graf eines von den kleineren Lichtern. Hat jedoch immer mal wieder in ein paar Kameradschaften mitgemischt, in denen er sich wohl auch gerne als der Big Boss aufgespielt hat. Zuletzt bei den *Heimatkämpfern.*«

»Weiter!«

»Nun, bei Rock-Konzerten, Demos, Gedenkmärschen oder sonstiger rechter Folklore hat Graf nur höchst selten mitgewirkt. So wie's aussieht, scheint er in der Tat keiner von diesen Bilderbuch-Nazis gewesen zu sein. Hast du denn damals schon mal etwas von ihm gehört?«

»Nein«, antwortete Jäger wahrheitsgemäß. Während seiner Zeit als verdeckter Ermittler war ihm der Name Lutz Graf nicht ein einziges Mal zu Ohren gekommen. Entweder bedeutete das, dass Graf erst nach Jägers Flucht aus Kassel – dann allerdings raketenartig – in die Szene eingestiegen war oder aber, dass er sich schon immer mit einem Decknamen in ihr bewegt hatte. Leibhaftig gesehen hatte Jäger ihn in all seinen Jahren jedoch nicht. Daran würde er sich zweifellos erinnern.

»Ist der Scheißkerl denn irgendwo gemeldet?«, fragte er.

Haas prustete los. »Einer wie der?« Sein Lachen mündete nahtlos in einen Hustenanfall, von dem er sich nur mühsam erholte. »Wer auch immer da unter Drogen stand, dass jemand wie der überhaupt noch Freigang bekommen hat. Von seinem letzten ist er jedenfalls nicht mehr in die JVA zurückgekehrt. Nun wird er per Haftbefehl gesucht.«

»Hm-hm«, brummte Jäger.

Inzwischen hatte er den grünen Vorplatz des Hauptbahnhofs erreicht und war somit nur noch wenige Hundert Meter von seiner Wohnung entfernt. Sowohl die frische Luft, als auch das Gespräch mit Haas hatten ihn etwas ausnüchtern lassen. Wirklich klar im Kopf fühlte er sich jedoch trotzdem nicht. Kein Wunder, so schnell wie Beule und er nach ihrem Ausflug vor die Tür an der Theke die weiteren Biere hinuntergestürzt hatten.

»Ich melde mich wieder«, beendete Jäger knapp das Gespräch und fuhr Haas in die Parade, der gerade zu einer Frage angesetzt hatte. Wahrscheinlich wollte er wissen, warum Lutz Graf für ihn überhaupt von so großem Interesse war. Jäger hatte jedoch nicht vor, seinen früheren Kollegen zu diesem Zeitpunkt darüber aufzuklären.

Jetzt galt es, sich auf das Treffen in Beules Wohnung vorzubereiten.

29

Mit finsterem Blick starrte sein Gegenüber ihn an. Während er Jäger taxierte, ließ er seine ausgeprägten Brustmuskeln unter dem tarnfarbenen Armeehemd auf und ab tanzen wie übergewichtige Funkenmariechen. Die Stehlampe, einzige Lichtquelle in dem abgedunkelten Zimmer, warf einen spärlichen Schein auf den Mjölnir, der an einer viel zu engen Kette um seinen breiten Hals hing, als wollte sie ihn ohne Aussicht auf Erfolg erwürgen.

In der Stille konnte Jäger ihn leise atmen hören. Ein langsames, aber gleichförmiges Ein und Aus, als ruhte der Mann mit der Glatze ganz in sich selbst. Scheinbar gelassen saß er da, mit auf dem Bauch gefalteten, riesigen Pranken. Nur dieser aggressive Ausdruck in seinen Augen passte nicht ins Bild.

Seitdem Jäger sich ihm gegenüber in einem Sessel niedergelassen hatte, beobachtete der Muskelprotz jede seiner Bewegungen genau. Bisher hatte er noch nicht ein einziges Wort gesprochen. Trotz der Ruhe und Gelassenheit, die der Glatzkopf ausstrahlte, wurde Jäger das Gefühl nicht los, dieser Typ könnte jederzeit in den *Beast Mode* umschalten.

Beule kauerte neben ihnen auf dem Boden. Unablässig knabberte er mit seinen wenigen verbliebenen Zähnen an den Fingernägeln, während sein Blick zwischen den beiden Männern hin und her wechselte. Natürlich hat der die Hosen voll, dachte Jäger. Schließlich hat er mich diesem Scheißkerl vorgestellt.

Am Morgen nach seinem Telefonat mit Haas hatte Jäger sich zunächst in dem winzigen und stickigen Bad seiner Wohnung frischgemacht. Im Stehen pfiff er sich von einem laminierten Infoblatt des Fitness-Studios im Stockwerk unter ihm hektisch zwei kurze Lines rein. Anschließend wischte er mehrmals mit der Hand unter seiner Nase entlang, um mögliche Spuren zu beseitigen, und rubbelte danach aus demselben Grund mit einem Finger über seine Zähne. Dann machte er sich auf den Weg zum verabredeten Treffpunkt.

Beules Wohnung befand sich nicht weit von seiner entfernt. Jäger legte die wenigen Hundert Meter zu Fuß in die Erzbergerstraße zurück. Nachdem der Summer ertönt war, stieg ihm im Flur des heruntergekommenen Mehrfamilienhauses ein Potpourri beißender Gerüche in die Nase. Eine olfaktorische Mischung aus ranzigem Fett, Alkoholfahnen, Urin und Kot, dazu eine süßliche Marihuana-Note. Bereits im Treppenaufgang ließ sich unschwer erkennen, welche Klientel dieses fünfstöckige Mehrfamilienhaus überwiegend bewohnte: Menschen, die von einem scharfzüngigen Politiker vor Jahren mal als Bodensatz der Gesellschaft bezeichnet worden waren. Arbeitslose, Studenten und Ausländer verschiedenster Herkunft. Eine Aussage, die nicht nur Jäger zutiefst verabscheut hatte. Leider war sie der Startschuss zu einer landesweiten Integrationsdebatte mit immer dunkler werdender brauner Färbung gewesen.

Beule empfing Jäger bereits vor der Tür und bat ihn herein. Er hauste in einer nicht minder schäbigen Wohnung als Jäger, die jedoch sogar nur aus zwei Zimmern bestand. Überall pellten sich große Flächen der Tapete von der Wand, und während Jäger über das aufgequollene Laminat schritt, stellte er fest, dass der Boden die Quelle mindestens einer der unangenehmen Gerüche im Treppenhaus sein musste.

Das Wohnzimmer hingegen entpuppte sich als raumgewordene Hommage an Beules Lieblingsverein. Ein Ort, der jedem

KSV-Fanshop Konkurrenz machen konnte, mit Regalen voller Merchandising-Artikel und einem dichten Netz aus Mützen, Schals und Trikots an den Wänden, in dem gerade noch eine schmale Lücke für ein einziges, mehrfach geklebtes Foto in einem gesplitterten Holzrahmen geblieben war. Es zeigte den vor Freude strahlenden Beule, der seine neugeborene Tochter auf dem Arm trug. Man musste kein Genie sein, um zu erkennen, dass sich dahinter vermutlich eine traurige Geschichte verbarg.

In einem der dunkelgrünen Siebzigerjahre-Sessel thronte er dann: Der Mann, von dem Jäger sich erhoffte, dass er ihn zu Lutz Graf führen würde. Seinen Handschlag zur Begrüßung erwiderte der Mann allerdings nicht. Vielmehr rührte er sich keinen Zentimeter, und wenn Jäger es nicht an dem wachen Blick des etwa Dreißigjährigen, bulligen Mannes erkannt hätte, wäre er unsicher gewesen, ob dieser sein Kommen überhaupt registriert hatte. Statt für ihn schien der Mann sich dafür zunächst für das Glas zu interessieren, das ihn von dem klebrigen Wohnzimmertisch aus anlächelte. Das blasse Orange des Inhalts ließ vermuten, dass der Mann seinen Saft nicht gerade zimperlich mit Wodka frisiert hatte.

Nach einer Weile hatte Jäger seine Hand schließlich wieder zurückgezogen und sich in den Sessel gegenüber gesetzt. Beule hatte genickt und sich neben dem Tisch auf den Boden gekniet.

Minutenlang fixierten sich die beiden Männer nun schon mit starrem Blick. Das Einzige, was sich bei dem Kerl bewegte, waren seine tanzenden Brüste. Dann beugte er sich plötzlich vor, griff nach dem Orangensaft und gönnte sich einen beherzten Schluck. Anschließend stellte er das Glas wieder ab, wischte mit dem Handrücken über seinen feuchten Mund

und streckte beiläufig sein Kinn in Richtung des am Boden kauernden Beule.

»Der da meint, du hast genug vom Reden?« Seine Stimme ein langsam schwingender Bass. Dabei betonte er seine Worte so, als hätte jedes einzelne von ihnen ein besonderes Gewicht zu tragen.

Jäger nickte. »Ich guck mir die Scheiße da draußen jedenfalls nicht mehr mit an.«

Im Laufe seiner Karriere war ihm ein reichlicher Fundus an rechtsextremen und fremdenfeindlichen Argumenten zu Ohren gekommen. Jetzt musste er sie nur wieder mal als die Seinen verkaufen. Wie ein Schauspieler tauchte er ein in die Rolle des vom Ausländerhass zerfressenen und von der Gesellschaft zurückgelassenen Mannes, der sich um sein deutsches Vaterland sorgte. Der nicht bereit war zuzusehen, wie alles vor die Hunde ging. Jäger verabscheute es, das zu tun, und doch hatte auch damals, als er noch als verdeckter Ermittler tätig gewesen war, eine seiner Stärken immer genau darin bestanden, glaubwürdig den Rechtsextremen zu mimen.

»Als hätten wir nicht schon genug Fremde hier«, setzte er seine Tirade fort. »Macht diese Geisteskranke Merkel letztes Jahr einfach die Grenzen auf!«

»Hm-hm«, brummte sein Gegenüber.

»Ja, bitte, kommt doch alle zu uns! Wir haben ja von allem zu viel: Arbeit, Wohnungen, Frauen.« Unbeeindruckt starrte der Mann zurück. Aus Augenhöhlen, so finster und tief wie eine Kohlemine. »Dann diese Scheiße mit Köln! Hat man ja gesehen, was dabei rauskommt, wenn man diesen Menschenmüll ins Land lässt. Refugees welcome? Von mir aus sollen sie alle auf offenem Meer ersaufen.«

Beule nickte während dieser Ausführungen energisch und strahlte bis über beide Ohren. Den Muskelprotz hingegen lockten Jägers Aussagen immer noch nicht aus der Reserve. Wieder trank er einen Schluck von seinem Orangensaftgemisch und wischte sich anschließend mit dem Handrücken den Mund ab. »Wenn ich jetzt nach draußen auf die Straße gehe«, sagte er und deutete in der Luft mit Zeige- und Mittelfinger die Laufbewegungen eines Menschen an. »Spaziere einfach so die Königsstraße entlang, komme mit den Leuten ins Gespräch –«

»Siehst allerdings nicht gerade sonderlich gesprächig aus«, unterbrach ihn Jäger.

Beule sah ihn mit aufgerissenen Augen an. Den Muskelprotz ließ diese Provokation jedoch völlig kalt. »Was glaubst du, wie viele da draußen das Gleiche sagen wie du?«

Jäger pfiff durch die Zähne. »Keine Ahnung.«

»So viele, dass wir diese verfluchten Volksverräter noch heute aus dem Land vertreiben könnten.« Der Muskelprotz lehnte sich zurück und faltete wieder die Hände vor seinem Bauch. »Aber es passiert einfach nicht. Und weißt du warum?«

»Ich habe das Gefühl, dass du mich gleich erleuchten wirst.«

»Weil die meisten Menschen Schwätzer sind. Fragst du sie in ihrem stillen Kämmerlein, predigen sie dir die Weltrevolution. Schmücken dir in den buntesten Farben aus, was sie alles mit diesen Krimigranten tun würden. Aber wenn's drauf ankommt?« Der Muskelprotz schnippte in die Luft. »Verschwinden sie wie Ratten, wenn das Licht angeht.«

»Also, ich würde –«

»Entscheidend«, schnitt der Glatzkopf ihm das Wort ab, »ist also nicht, was du sagst. Entscheidend ist nur, ob du bereit bist, dir die Hände schmutzig zu machen.«

Die Worte seines Gegenübers erinnerten Jäger plötzlich an eine Stelle in einem Roman: »Wir meinen, wir können Honig machen, ohne das Schicksal der Bienen zu teilen.« *Die Eleganz des Igels* von Muriel Barbery war ihm damals auf seinem Flug nach Gran Canaria in die Hände gefallen. Das erste Buch, das er seit mindestens zehn Jahren gelesen hatte. Worum genau es ging, daran erinnerte er sich heute nicht mehr. Aber aus irgendeinem Grund hatte sich diese Stelle bei ihm eingeprägt. Schon damals im Flugzeug hatte er lange über sie nachgedacht. Hatte sogar seinen Sitznachbarn gefragt, was der von ihr hielt. Der hielt Jäger jedoch hauptsächlich für betrunken, was er nach all den Whiskeys auch ohne Frage war, und wollte seine Ruhe haben. Aber hatte es einen besonderen Grund, dass diese Stelle ihm gerade jetzt wieder einfiel?

Dann sah Jäger kurz zu Beule herüber. Vor lauter Aufregung liefen dem untersetzten Kerl murmelgroße Schweißperlen die Stirn hinunter. Ein solches Gespräch, das mehr einem Fechtkampf ähnelte, war einfach nichts für ihn. Im Fußballstadion fühlte er sich erkennbar besser aufgehoben. Dort, wo es ohne Vorgeplänkel gleich zur Sache ging. Wo man sich mit Fäusten statt mit Worten duellierte – was in Beules Fall ohnehin auf eine bedingungslose Kapitulation hinauslaufen würde.

»Also?«, fragte der Muskelprotz und holte Jäger aus seinen Gedanken. »Deal?« Stumm sah er seinem Gegenüber in die Augen.

So deutlich wie noch nie dämmerte Jäger in diesem Moment, worauf er sich eigentlich einließ. Von dort, wo er hinzukommen versuchte, würde es so schnell kein Zurück mehr geben. Der Muskelprotz hatte Recht: Wer in die Arena steigt, kommt niemals ohne Kratzer davon.

»Deal«, antwortete Jäger schließlich.

Sein Gegenüber nickte zufrieden. Zum ersten Mal zeigte der Muskelprotz so etwas wie eine emotionale Reaktion. Ein flüchtiger Glanz huschte über seine Augen, und auf seinen Lippen deutete sich ein zartes Lächeln an, das ihm für den Bruchteil einer Sekunde einen beinahe spitzbübischen Ausdruck verlieh.

»Für gewöhnlich reicht man sich ja jetzt die Hände«, sagte er. »Aber ich befürchte, meine sind schon schmutzig.«

»Macht nichts«, antwortete Jäger. »Meine auch.«

30

Als er in sie eindrang, stöhnte Gizem laut auf. André reagierte schnell und bedeckte ihren Mund mit seiner flachen Hand. »Psst«, flüsterte er ihr ins Ohr und zeigte auf den Wecker.

Es war bereits weit nach Mitternacht. Die meisten anderen Bewohner des Hauses hatten sich bestimmt schon längst schlafen gelegt – und von Sexgeräuschen geweckt zu werden, da standen nun einmal nur die wenigsten Menschen drauf.

In den vergangenen fünf Jahren hatte Gizem vergessen, wie unglaublich gut sich das anfühlte. Seinen warmen, vor Lust pulsierenden Penis zu streicheln. Mit ihren Fingerspitzen seinen muskulösen Körper zu liebkosen, dann von seinen kräftigen Händen gepackt und von seinen Armen umschlossen zu werden. Seinen heißen Atem in ihrem Nacken zu spüren und seine Stimme zu hören, die ihr schmutzige Dinge ins Ohr flüsterte.

Mit André hatte sie das alles zum ersten Mal erlebt. Die erste Verabredung. Der erste Kuss. Das erste Mal.

Von Anfang an hatten sie ihre Liebe geheim gehalten. Sowohl vor Gizems muslimischen Eltern, als auch vor seinen. Diese waren zwar nie regelmäßige Kirchgänger gewesen, vertraten aber damals trotzdem immer die Meinung, man müsse dem Islam und seiner Ausbreitung doch etwas entgegensetzen. Beide Familien hätten ihre Beziehung niemals geduldet.

Selbst Ayhan hatte nichts von ihrer Liebe gewusst. Obwohl Gizem immer ein enges Verhältnis zu ihrem großen Bruder gepflegt hatte, hätte sie ihm davon nicht erzählen können. Ayhan hätte ihre Beziehung zu seinem besten Freund strikt untersagt, denn in diesem Punkt kam er ganz nach ihren Eltern. Für ein türkisches Mädchen gehörte es sich einfach nicht, mit einem Deutschen zusammen zu sein. Vielmehr sollte sie die Ehre der Familie wahren und wie eine anständige Muslima einen türkischen Mann heiraten. Und das selbstverständlich als Jungfrau.

Eine Dreiviertelstunde später saß Gizem nackt am offenen Fenster und inhalierte den Rauch einer Zigarette. Sie konnte selbst nicht glauben, dass sie tatsächlich hierhergekommen war. Eigentlich war es auch ein großer Zufall gewesen. Auf bloßen Verdacht, André über den Weg zu laufen, hatte sie sich nach der Arbeit in den Straßen rund um den Hauptbahnhof herumgetrieben. In einem Falafel-Laden hatte sie ihn schließlich entdeckt: Allein in einer Ecke sitzend, den gesenkten Kopf auf beide Handflächen gestützt, vor ihm eine leere Flasche Efcs-Bier und ein noch unberührter Lahmacun. Dann hatte sie sich ein Herz gefasst und sich ihm gegenüber an den Tisch gesetzt.

Als Gizem nun zu ihm herüber sah, lag André erschöpft auf dem Bauch und schien scclenruhig zu schlafen. Eine Zeit lang betrachtete sie seinen Rücken, wie er sich bei jedem Atemzug auf und ab bewegte. Wie so vieles an ihm hatte auch sein breiter Rücken immer eine beruhigende Wirkung auf sie gehabt: Hinter ihm konnte sie sich verstecken. In seinen Armen konnte sie sich fallenlassen. Schutz und Geborgenheit: Beides hatte sie bei ihm gefunden.

Dann schaute Gizem in den Sternenhimmel. Sie liebte diese Jahreszeit. Die langen Tage und kurzen Nächte im Sommer, in denen es ihr vorkam, als ob jeden Augenblick die Sonne wieder aufgehen würde. Die Stimmung der Menschen, die in den warmen Monaten viel freundlicher miteinander umgingen als sonst. Vor allem aber liebte sie diesen besonderen Geruch, der von Juni bis August über der Stadt lag.

Das alles erinnerte sie an ihre Kindheit. Daran, dass sie mit ihrer Familie jede Ferien in die Türkei geflogen war, in das Herkunftsland ihrer Eltern. Genau an den Ort, wo sie wahrscheinlich schon sehr bald wohnen würde. Vorfreude empfand sie bei diesem Gedanken jedoch nicht. Im Gegenteil. Für sie klang diese Vorstellung wie das frühzeitige Ende ihres noch jungen Lebens. Als würde sie in nur wenigen Wochen zu einer lebenden Toten werden, deren Schicksal einer vorgegebenen Bestimmung folgte.

»Du rauchst?« Andrés Stimme holte sie in die Gegenwart zurück.

Gizem drehte sich zu ihm herum. Von ihr unbemerkt, hatte André sich aufgerichtet und lehnte jetzt am Kopfteil des Bettes. Er schniefte die Nase und wischte mit einem Finger unter ihr entlang.

Auch in diesem Punkt war also alles beim Alten geblieben: Er hatte es nicht geschafft aufzuhören. Obwohl er doch eigentlich noch genauso wie sie auf dem Schirm haben musste, was dieses Scheißzeug mit Ayhan angestellt hatte. Wie es seinen Körper und seinen Geist aufgezehrt und nichts als verbrannte Erde zurückgelassen hatte.

Gizem nahm einen letzten Zug und blies den Rauch nach draußen. Nach und nach verschwand die Wolke in der Dunkelheit, genauso wie der glimmende Stummel, den sie aus dem Fenster schnippte. Als der Rest ihrer Zigarette auf das Pflaster der Straße schlug, flackerte die schwache Glut noch einmal auf.

»Mache ich auch nur selten«, sagte Gizem. Brachte das Fenster wieder in Kippstellung, tapste zurück zum Bett und vergrub sich neben André unter der Decke. »Seit 'nem Jahr oder so. Gönne ich mir ab und zu mal eine.«

»Und dein Vater? Weiß der davon?«

Gizem schüttelte energisch den Kopf.

»Wenn der mich erwischt, dreht er mir die Gurgel um.«

André beugte sich zu ihr herüber. Fürsorglich strich er ihr ein Haar, das hartnäckig auf ihrer Stirn klebte, aus dem Gesicht.

»Und ... das hier?«, setzte Gizem wieder an. »Ist das jetzt deine ... Wohnung?«

André wandte seinen Blick von ihr ab, der daraufhin zu Boden fiel und dort eine Zeit lang verharrte. »Nur vorübergehend«, antwortete er schließlich. »Bis ich was Besseres gefunden hab.«

Gizem rümpfte die Nase. Schon als André sie an der Tür zu diesem Rattenloch empfangen hatte, waren ihr sofort mehrere Fragen durch den Kopf geschossen. Zum Beispiel, warum um alles in der Welt André in einer solchen Absteige hauste. Was eigentlich der genaue Grund für seine Rückkehr war. Ob er von hier aus möglicherweise sogar irgendwelche illegalen Geschäfte trieb? Wahrheitsgemäße Antworten würde sie jedoch von ihm wohl nicht bekommen.

»Nun«, sagte Gizem und räusperte sich. »Sollte nicht allzu schwer sein, oder?«

»Hm?«

»Eine schönere Wohnung zu finden, meine ich.«

André erwiderte nichts. Stattdessen wandte er sich von Gizem ab und drehte ihr seinen Rücken zu. Eine Weile lagen sie stumm nebeneinander, ohne sich zu berühren. Lauschten gemeinsam der brüchigen Stille, die nur hin und wieder von vorbeifahrenden Autos gestört wurde.

Schon damals hatten sie nach dem Sex gerne zusammen geschwiegen. Gizem hatte das nie als unangenehm empfunden. Im Gegenteil: Das waren die Momente, in denen sich ihre tiefe Verbundenheit ausgedrückt hatte. So wie in diesem Augenblick.

Manchmal, dachte Gizem, fühlte es sich an wie ein Hauch von Ewigkeit.

31

Wie lange sie ihn nun schon durch die Gegend kutschierten? Jäger wusste es nicht genau. Es mussten jedoch bereits mehrere Stunden sein.

Vor Fahrtantritt hatten sie ihn gründlich gefilzt. Hatten ihm befohlen, seine Hosentaschen auszuleeren und sämtlichen Inhalt mitsamt Handy beschlagnahmt. Dann tastete Beule ihn Zentimeter für Zentimeter ab, als wollte er seinen Körper kartografieren. Scannte ihn mit einem tragbaren Metalldetektor, wie er an Flughäfen zum Einsatz kam, und reichte ihm zum Schluss einen grauen Overall, in dem Jäger auffallen würde wie ein Soldat auf einer Militärparade.

Zusammen führten sie ihn aus Beules Wohnung. Über die Straße und zwischen parkenden Autos hindurch zu einem VW Touran mit laufendem Motor. Beule drückte Jägers Kopf nach unten, schob ihn durch die Autotür auf die Rücksitze und knebelte schließlich Jägers Hände mit einem Kabelbinder.

Während der Fahrt rief Jäger sich ins Gedächtnis, was er in all den Jahren bei Polizei und Verfassungsschutz über das Verhalten in solchen Fällen gelernt hatte. Das Wichtigste: Seine Gefühle zu kontrollieren. Innerlich still zu werden und wach und aufmerksam zu bleiben. Ähnlich wie vor einem Kampf. Diesmal stand ihm jedoch eine ganz besondere Herausforderung bevor. Und wenn alles nach Plan verlief, würde sie ihn vor eine der schwersten Prüfungen seines Lebens stellen.

Trotzdem versuchte Jäger, sich jedes noch so winzige Detail einzuprägen. Den Geruch im Interieur des Fahrzeugs, mit dem sie ihn durch die Gegend kutschierten. Die unterschiedlichen Geschwindigkeiten, mit denen sie sich fortbewegten, und anhand derer man später darauf schließen konnte, ob sie innerhalb geschlossener Ortschaften, auf Landstraßen oder auf Autobahnen gefahren waren.

Gerne hätte Jäger auch auf Umgebungsgeräusche geachtet. Das stellte sich jedoch als schwierig heraus: Beule hatte ihm nicht nur eine muffige Wollmütze über den Kopf gestülpt, sondern zur Sicherheit vorher noch die Augen mit einem mehrfach gefalteten schwarzen Tuch stramm verbunden und Ohropax tief in seine Ohren gestopft. So blieben die Gespräche der Männer lediglich ein dumpfes, unverständliches Gemurmel, das zu ihm in den Fond des Wagens vordrang. Zusammen mit den Straßengeräuschen bildeten sie einen klanglichen Brei, bei dem sich nichts mehr voneinander unterscheiden ließ.

Schließlich, nachdem zwei oder drei Stunden ereignislos ins Land gezogen waren, hielt das Auto an. Mit einem stattlichen Klammergriff, hinter dem Jäger den Proleten aus Beules Wohnung vermutete, wurde er aus dem Fahrzeug gezerrt. Schlagartig verstummten die Gespräche der Männer. Auf dem Schotter konnte Jäger neben seinen eigenen die Schritte von drei weiteren Personen ausmachen.

Sie führten ihn über eine Straße und gelangten schließlich auf einen lehmigen Untergrund. Den Geräuschen und vor allem dem Geruch nach zu urteilen, befanden sie sich jetzt an einem Waldrand. Noch immer hielt ihn der Muskelprotz in seinem eisernen Griff.

Nachdem sie den vergleichsweise festen Boden verlassen hatten, führten sie ihn nun über einen matschigen Untergrund, in den er mit seinen Schuhen versank. Niemand sagte ein Wort, und so stapften sie in vollkommener Stille durch den Wald. Jäger zählte weiter innerlich die Schritte.

Zum ersten Mal überkam ihn jetzt ein mulmiges Gefühl: Was, wenn diese Scheißkerle etwas ganz anderes mit ihm vorhatten? Wenn sie nicht mal im Traum daran dachten, Jäger zu *ihm* zu bringen? Sondern vielmehr daran, ihn hier, tief im Wald, still und leise zu liquidieren, um ihn anschließend in dem lehmigen Waldboden zu verscharren?

Eine saubere Sache, überlegte Jäger. Finden würde man ihn hier so schnell jedenfalls nicht. Wenn überhaupt jemand nach ihm suchen würde. Haas vielleicht, insofern er in ein paar Tagen Verdacht schöpfte. Aber sonst? Außer Gizem gab es keine weitere Person, die von seinem Aufenthalt in Kassel wusste.

Plötzlich hielt die Gruppe an.

»Warte hier«, befahl ihm eine Stimme, die Jäger nun als die des Muskelprotzes identifizierte. Er nickte stumm.

Dann löste der Muskelprotz seinen Griff. Jäger versuchte zu lauschen, wie die drei Männer durchs Geäst davonschlichen. Doch war es nur eine Ahnung von einem Geräusch, das er zu hören glaubte.   Ob die Männer sich also gerade in Stellung brachten? Sich dort, zwei- oder dreihundert Meter von ihm entfernt, mit einem Gewehr auf die Lauer legten und auf seinen Hinterkopf zielten? Ein einziger Knall und alles würde vorbei sein. Ein aufgesetzter Schuss wäre trotzdem klüger, ertappte Jäger sich bei dem Gedanken, wie er selbst die ganze Sache durchgezogen hätte.

Plötzlich meinte er, wieder Schritte zu vernehmen. Diesmal wohl nur von einer einzelnen Person.

Jägers Herz beschleunigte auf maximale Frequenz. War das etwa sein Henker, der sich ihm von vorn näherte? Würde er es sein, der kurzen Prozess mit ihm machte? Ihm eine Knarre mit Schalldämpfer auf die Stirn presste und wortlos abdrückte? Sollte er zu fliehen versuchen? Hätte er überhaupt eine Chance, mit den gefesselten Händen auf dem Rücken und der Mütze über den Augen? Wahrscheinlich würde er etliche Male stürzen und auf keinen Fall verletzungsfrei aus der Sache herauskommen.

Ratlos drehte Jäger sich in alle Richtungen um ... und versuchte zu lauschen. Doch so sehr er sich auch konzentrierte, er konnte nichts hören.

Dann auf einmal ein kräftiger Ruck. Jemand riss ihm die Mütze vom Kopf. Lockerte die Binde und streifte sie über sein kurzgeschorenes Haupt. Jäger brauchte eine Weile, bis seine Augen sich von dem Druck erholten und er sich an das Tageslicht gewöhnte.

Zunächst erfasste er nur die schemenhaften Umrisse eines Mannes, der so nah vor ihm stand, dass Jäger seinen sauren Atem roch. Der Silhouette nach zu urteilen ein durchschnittlicher Typ, nicht besonders groß, ohne körperliche Auffälligkeiten. Doch dann erkannte er es. Dieses unverwechselbare Merkmal, das sich für immer und ewig in seinem Gedächtnis festgebissen hatte wie eine Zecke. Die Narbe, die seinem Gegenüber von der Schläfe bis zum Kinn reichte.

Jetzt hatte er keinen Zweifel mehr, wer da vor ihm stand. Kochende Wut schoss durch Jägers Körper.

32

»Richard Scholl, richtig?«

Jäger, ohne Mütze und Ohropax, von Fesseln befreit, nickte.

»Ich habe schon viel von dir gehört.« Lutz Graf stopfte die Augenbinde in seine Hosentasche. Mit seinen Sinatra-blauen Augen tastete er Jäger ab. Dann streckte er ihm zur Begrüßung seine Hand entgegen. »Speer hat mir erzählt, dass du ...«, er malte Anführungszeichen in die Luft, »*aktiv* werden willst?«

»Ja«, antwortete Jäger.

Mehr konnte er in diesem Moment einfach nicht aus sich herausquetschen. Zu wild wirbelten die Bilder von den letzten Minuten in Ayhans Leben durch seinen Kopf. Der hasserfüllte Ausdruck in den Augen dieses Monsters. Seine wuchtigen Schläge, die Ayhans Körper trafen, als wären seine Fäuste aus Blei gegossen. Seine Tritte, die schneller kamen als ein Wimpernschlag. Das hämische Grinsen, das sich auf seinem Gesicht ausbreitete, als Ayhan bewusstlos zu Boden stürzte. Die Zufriedenheit in seinen Augen, als der Ringrichter seinen Arm in die Luft streckte, während Rasul sich einen Weg durch die Seile kämpfte.

Damals wollte Graf die hessische Kickbox-Meisterschaft im Vollkontakt um jeden Preis gewinnen. Was er oder vielmehr seine Gegner dafür bezahlen mussten, spielte für ihn keine Rolle. Für ihn existierte nur dieses eine Ziel, für das er bereit war, sein und insbesondere die Leben seiner Gegner zu opfern.

Jäger schob seine Erinnerungen beiseite. Wenn seine Mission gelingen sollte, wenn er diesem Irren wirklich das Handwerk legen wollte, musste er die quälenden Bilder in den Griff bekommen. Genauso wie den in der Magengrube brennenden Hass, der neu entflammt war, als Jäger dieses Gesicht erkannt hatte. Jede einzelne Sekunde verspürte er den Wunsch, den Mörder seines einzigen Freundes für alles zur Rechenschaft zu ziehen.

Dieser Tag wird kommen, dachte Jäger. Zahltag. Dann wird abgerechnet.

»Machen wir es uns doch ein wenig gemütlicher«, sagte Graf und holte ihn in die Gegenwart zurück. Er zeigte auf große, kreisförmig aufgestellte Steine.

Jäger nickte. Ließ sich auf einem der Steine nieder, und Graf setzte sich neben ihn.

»Also, was führt dich zu uns?«

»Hm?«

»Deine ... Motivation?«, fragte Graf. »Warum glaubst du, Teil unserer Bewegung werden zu können?«

Für einen kurzen Augenblick war Jäger verblüfft. Er staunte über die gewählte Ausdrucksweise. Wo hatte Graf, dieser Mörder, das nur gelernt? Im Knast wohl eher nicht. Überhaupt wirkte sein Gegenüber so ganz anders, als er erwartet hatte. Höflich, zuvorkommend und sogar beinahe ... Dieses Wort wagte Jäger nicht einmal zu denken.

»Wir sind nämlich kein Sparkassen-Club, bei dem man einfach so ein- und austreten kann«, fügte Graf hinzu.

»Verstehe«, murmelte Jäger.

Graf wandte sich zu ihm um. »Also?«

Tief saugte Jäger die Waldluft ein. Er wusste, dass nun der entscheidende Moment gekommen war. Das war seine Chance. Mehr als diese eine würde er nicht bekommen. Jetzt hieß es: *Rien ne va plus*. Alles ... oder nichts.

»Diese Scheiße, die da draußen abläuft.« Er hob seinen Arm und zeigte von links nach rechts, als wollte er die ganze Welt einschließen. »Hab ich gestrichen die Schnauze voll von.«

»Du meinst ...?«

»Diese dämliche Merkel-Mafia. Das Gelaber von der Alternativlosigkeit. Hat ja damals schon bei dieser Griechenland-Geschichte angefangen.« Jäger packte all den Hass, der seit der Begegnung mit Graf in ihm hochgekocht war, in seine Stimme. »Die wurstelt sich einfach ewig so durch, ohne Idee und ohne Richtung für unser Land. Und jetzt auch noch die Scheiße mit den Flüchtlingen. Klar, lasst sie doch alle rein, diese Krimigranten. Diesen Menschenmüll, der da angespült wird.«

Nachdenklich fuhr Graf über seine ledrige Narbenhaut. »Das geht vielen so«, sagte er in gleichmütigem Ton. »Wenn wir jeden aufnehmen würden, der diese Meinung teilt ...« Er schüttelte den Kopf.

Für diesen Moment hatte Jäger sich eine spezielle Strategie zurechtgelegt. Eine, von der er glaubte, dass es ihm mit ihrer Hilfe gelingen würde, Lutz Graf für sich zu gewinnen. Sie war ihm eingefallen, als Haas ihn über den Lebenslauf seines Rivalen informiert hatte: Jäger würde ihm eine Geschichte auftischen, die hoffentlich eine schwache Stelle aus Grafs Vergangenheit wachrufen würde. Denn so eine hatte jeder. Sogar jemand wie Graf.

»Mein Vater war bei der Feuerwehr«, sagte Jäger. Dabei senkte er demütig seinen Kopf, als ob einige grausame Erinnerungen so schwer auf ihm lasteten, dass er ihn nicht mehr aus eigener Kraft oben halten konnte. »Ist immer ein pflichtbewusster Mann gewesen. Hat ordentlich seinen Job gemacht.

Ist nie zu spät gekommen oder hat einfach so auf gelb gemacht.«

Grafs Augen loderten auf wie Kaminfeuer. »Was ist mit ihm passiert?«

»Eines Tages, kurz vor Ende seiner Schicht«, fing Jäger an zu erzählen, »werden er und seine Kollegen zu 'nem Brand in ein Kanaken-Viertel gerufen. Stehen da vorm Haus, und aus irgendeinem Grund kommen sie mit dem Leiterwagen nicht nah genug ran, um durchs Küchenfenster in die Wohnung einzusteigen. Jedenfalls, großes Geschrei und Gejammer, die Kanaken-Mutter völlig aufgelöst, und plötzlich kommt der Vater auf ihn zu. Kratzt sein weniges Deutsch zusammen, faltet die Hände vor der Brust und sagt: Bitte, Feuermann, Tochter oben, kleine Meedschen. Bitte holen, bitte!«

»Und dann?«

Jäger legte eine Kunstpause ein. Als ob das alles nach wie vor an ihm nagte, ließ er seinen Kopf noch ein Stück weiter sinken. »Mein Vater rennt ins Haus, ja? Sprintet los wie Usain Bolt, und oben angekommen schießen ihm aus der Wohnung schon die Flammen ins Gesicht. Mein Vater kämpft sich trotzdem rein, sucht überall, und plötzlich – paff! – fällt so 'n riesiger Ventilator von der Decke. So 'n uraltes schweres Scheißding.« Graf nickte zaghaft. »Er muss sofort tot gewesen sein.«

Während Jägers Erzählungen hatte sein Gegenüber ihn aus wachen Augen beobachtet. Einen Augenblick lang herrschte beklemmende Stille, und nur das leise, rhythmische Plätschern des einsetzenden Regens, der auf die Blätter traf, mischte sich zwischen ihr Schweigen.

»Und das Mädchen?«, fragte Graf.

Jäger lachte zynisch. »Das Mädchen«, flüsterte er. »Die kleine Schlampe war schon längst aus dem Haus gerannt und hatte sich die ganze Zeit hinter 'nem Baum versteckt. Ich frage dich: Sind diese Muruks eigentlich zu blöd, auf ihre Wänste aufzupassen?«

Jäger hob seinen Kopf und blickte mit verkniffenen Augen zum Himmel. »Hinterher hieß es dann natürlich, war alles nur ein Unfall. Ein Geschirrtuch habe über der Herdplatte gelegen und Feuer gefangen.« Wieder breitete sich auf Jägers Gesicht ein zynisches Lächeln aus. Unablässig schüttelte er den Kopf. »Wenn du mich fragst, schreit doch alles danach, dass der Kanake die Bude selbst in Brand gesteckt hat. Bestimmt wegen irgendeiner Versicherungsscheiße.«

Graf nickte ihm verständnisvoll zu.

»Wenn ich mein Vater gewesen wäre?« Jäger zischte verächtlich durch die Zähne. »Ich hätte dieses Drecksloch einfach abbrennen lassen.«

33

Das hatte gesessen. Jägers gespielter Hass verfehlte seine Wirkung nicht. Seine Erzählungen schienen in Graf Erinnerungen an den tragischen Tod seines eigenen Vaters zu wecken. Nachdenklich wippte Graf mit seinem Oberkörper, spitzte dabei seine Lippen und gab ein Grummeln von sich.

Jäger hatte sich diese Geschichte noch nicht einmal selbst ausgedacht. Sie war wirklich passiert, vor ein paar Jahren, in irgendeinem der sozialen Brennpunkte in Kassel. Er hatte darüber in der Zeitung gelesen und auch die Reaktionen mitbekommen. Damals war er mehr als nur geschockt gewesen, wie viele der Leute, mit denen er über den Vorfall gesprochen hatte, die Meinung vertraten, man hätte die Wohnung einfach den Flammen überlassen sollen.

Mit seinem wirklichen Vater hatte Jäger schon seit so langer Zeit kein Wort mehr gewechselt, dass er sich nicht mal daran erinnerte, wie seine Stimme klang. Aber das interessierte ihn auch nicht, denn für seinen Vater empfand er nichts als Abneigung. Mit seiner Mutter, die in Jägers Augen immer nur eine Gespielin ihres Mannes gewesen war, erging es ihm nicht anders.

Dabei hatte er doch eigentlich riesiges Glück mit seinen Eltern gehabt. Außenstehende, die seine Geschichte nicht kannten, hatten das schon oft zu ihm gesagt. Glück, weil er in eine wohlhabende Familie hineingeboren worden war. Der Vater ein reicher Unternehmer und CEO einer Spedition, deren Geschäfte wie am Schnürchen liefen. Dazu eine liebevolle, fürsorgliche Mutter, die das perfekte Bild einer Ehefrau abgab.

Aber mehr war es eben auch nicht: ein Bild. Ein krankes Schauspiel, das seine Eltern aufführten, weil es sich in ihren Augen nun mal so gehörte. Weil es für sie das Wichtigste war, welchen Eindruck ihre Familie auf ihr Umfeld machte. Nichts weiter als der glänzende Schein der Oberfläche.

Darunter sah es jedoch völlig anders aus. Ein gewalttätiger, machthungriger Vater, der die Mitarbeiter seiner Firma rücksichtslos auf die Straße setzte. Der sie wegen Beträgen schikanierte, die bei einer Abschreibung seinem Konto nicht mal ein müdes Lächeln entlockt hätten. Der manche von ihnen regelmäßig vor versammelter Mannschaft bloßstellte, nur weil ihm gerade danach war. »Hin und wieder muss der König eben einen seiner Untertanen köpfen«, hatte er nur allzu gern seinen Sohn belehrt. Am liebsten, wenn er sich nach der Adventsmesse, nur wenige Tage vor Weihnachten, nochmal ins Büro verabschiedet hatte, um dort schnell ein paar Kündigungen zu unterschreiben.

Seine Mutter war ihrem Mann mit Haut und Haaren verfallen. Aus einem Grund, der sich Jäger bis heute nicht erschloss, hatte sie sich mit dem Machtgerüst arrangiert, das zwischen ihnen existierte. Wirklich glücklich hatte Jäger seine Mutter jedoch nie gesehen. So erinnerte er sich selbst heute noch genau an den Tag, als er zum ersten Mal bei einem seiner Schulfreunde zu Besuch gewesen war. Mütter können lächeln, hatte er sich damals gefragt.

Der endgültige Bruch erfolgte nach dem Abitur. Anstatt BWL zu studieren, um später ins Management der Spedition einzusteigen, wie sein Vater es für ihn vorgesehen hatte, wählte Jäger seinen eigenen Weg. Bewarb sich hinter dem Rücken seiner Eltern für die Laufbahn des gehobenen Dienstes bei der Polizei, bestand das strenge Auswahlverfahren und wurde eingestellt. Als er seinen Eltern die Uniform präsentierte, sprangen seinem Vater vor Schock beinahe die Augen heraus. Es entzündete sich ein Wortgefecht, bei dem beide Seiten nicht mit Beleidigungen geizten. Seit diesem Abend war Jäger auf sich allein gestellt.

Jetzt holte ihn ein knacksendes Geräusch zurück in die Gegenwart. Zurück in dieses Lager, von dem er nicht den blassesten Schimmer hatte, in welchem der vielen Wälder um Kassel es sich wohl befinden mochte – mit der langen Autofahrt hatten sie ihn sicher in die Irre führen wollen. Zurück zu dem kalten Stein, auf dem er saß, und zu der spannenden Frage, ob er mit seiner Geschichte Erfolg haben würde.

Dann hob Lutz Graf, der bis zu diesem Moment nachdenklich über seine Narbe getastet hatte, den Kopf. »Es gibt da etwas, das du tun musst«, sagte er.

34

Es war ein Fehler, dachte sie. Ein verfluchter Fehler. Auch wenn es, oder vielmehr er, sich so unglaublich gut angefühlt hatte.

Gizem haderte mit sich, während sie sich dem Haus näherte, in dem sich Andrés Wohnung befand. Wie hatte ihr das nur passieren können? Es hätte nicht so weit kommen dürfen. Niemals hätte sie auf seine Einladung eingehen sollen.

Zwei Nächte lang hatten ihr diese Selbstvorwürfe keine Ruhe gelassen. Kein Auge hatte sie ihretwegen zugemacht, und so war sie an diesem Vormittag geistesabwesend durch den Laden gewandelt. Grimmig hatte ihr Vater sich das Spiel eine Zeit lang angeguckt und sie schließlich am Nachmittag nach Hause geschickt. »So wie du hier rumstolperst«, hatte er gesagt, »verschreckst du mir nur die Kunden.«

Zu Gizems Überraschung stieß sie bereits vor der Haustür auf André. Mit dem Handy in der Hand lehnte er an dem

Schaufenster des Fitness-Studios und gestikulierte wild vor sich hin.

Auch er sah mitgenommen aus. Rastlos. Als habe er, genau wie sie, seit ihrer gemeinsamen Nacht kaum Schlaf gefunden. Oder es wieder mit dem Schnee übertrieben.

Als André sie erkannte, stieß er sich erschrocken von der Fensterscheibe ab und streckte seinen Rücken gerade. Beendete abrupt sein Telefonat und vertröstete seinen Gesprächspartner mit einem Rückruf. Verstaute anschließend das Handy in seiner Jeans und versuchte, sich ein überspielendes Lächeln auf die Lippen zu quälen.

»Wir müssen reden«, sagte Gizem ohne Begrüßung.

André nickte zaghaft. »Okay.«

»Jetzt gleich, meine ich.«

»Verstehe.« Mit kraftlosem Blick sah er ihr in die Augen. »Spaziergang?«

Gizem stimmte zu, und so schlenderten sie zunächst die Straße hinauf in Richtung Hauptbahnhof. Dann bogen sie nach rechts ab und gelangten zwischen Parkplatz und Polizeigebäude hindurch zum hinteren Teil des Bahnhofs. Zahlreiche LKW parkten an den Rampen und warteten vor den offenen Toren der Lagerräume darauf, entladen zu werden. Dazwischen Dienstfahrzeuge der Bahn, Mannschaftsbusse der Bundespolizei und private PKW der Bediensteten. Hier, unweit des Seiteneingangs, zeigte sich die Sanierungsbedürftigkeit des Bahnhofsgeländes am deutlichsten.

Unsicher sah Gizem sich mehrmals um. Vergewisserte sich, dass auch wirklich niemand in der Nähe war, der sie womöglich von irgendwoher kannte, etwa ein Stammkunde im Laden ihres Vaters. Mit einem Nicken zeigte sie auf ein heruntergekommenes Häuschen, das früher einmal der Bahn gehört hatte, nun jedoch leer stand und an dessen Fassade aus dunklen Backsteinen meterhohes Efeu zum Himmel wuchs. Da sie sich nun unbeobachtet fühlte, öffnete Gizem den Knoten ihres Hidschabs unter ihrem Kinn, streifte ihn vom Kopf und schüttelte ihre Haare aus. Wie damals brachte sie Andrés Augen damit auch diesmal zum Funkeln.

»Hör mal«, setzte sie an. »Das neulich Abend? Das war –«

»Wunderschön«, unterbrach er.

»Sicher.« Beschämt senkte Gizem ihren Blick. Sie brachte es einfach nicht fertig, ihn dabei anzusehen. »Es gibt da etwas, das ich dir nicht erzählt habe. Du erinnerst dich an meinen Vater?«

»Hm-hm. Mein größter Fan.«

»Ihm ist die Tradition eben wichtig.«

André hob ihr Kinn mit dem Zeigefinger an, um ihr in die Augen zu sehen. »Und dir? Was ist dir wichtig?«

»Das spielt keine Rolle.«

»Dein Feuer ist also wirklich schon erloschen.«

»Er ist krank, André, verstehst du?« Gizems Stimme vibrierte. In ihr lag ein Gemisch aus Traurigkeit und Wut. »Jeden Morgen, wenn ich aufstehe, frage ich mich: Ist es heute so weit? Werde ich ihn noch mal wiedersehen? Oder ist die Umarmung von gestern Abend, als ich den Laden verlassen habe, bereits unsere letzte gewesen?«

Eine Zeit lang klebten ihre Blicke wortlos am Boden. In ihren Rücken ächzten und knarrten die Schienen unter der Last der ankommenden und abfahrenden Züge. Dazu die Tumulte der umherirrenden Fahrgäste, die Rufe und Pfiffe der Schaffner, die kurz vor Abfahrt noch in die Wagen sprangen, und das gleichförmige Geräusch einer Horde von Rollkoffern.

»Deshalb werde ich ihm seinen größten Wunsch erfüllen«, sagte Gizem schließlich.

Schlagartig verfinsterte sich Andrés Blick. Wie der Himmel vor einem stürmischen Gewitter. »Du meinst ...?«

Gizem nickte. »Nächsten Monat werde ich heiraten«, sagte sie. »In der Türkei.«

35

Robert Haas sah sein Gegenüber ungläubig an. Kühl erwiderte die Stahlfaust seinen Blick. Nickte stumm, während er mit den Fingern seine Halskette streichelte, und kostete schließlich von dem Gin, den Haas aus seiner hauseigenen Sammlung mitgebracht hatte.

»Er war es«, antwortete Jäger, »Chucky höchstpersönlich.«

Haas staunte über die schnellen Fortschritte seines ehemaligen Kollegen. Denn eigentlich war es ja eine reine Verzweiflungstat gewesen, als er ihn in seiner Finca auf Gran Canaria angerufen hatte. Allein die Tatsache, dass er überhaupt auf das Angebot eingegangen war, hatte Haas verblüfft. Nach all der Scheiße, die vor seiner Flucht aus Deutschland abgelaufen war? An Jägers Stelle hätte Haas jedenfalls nie wieder einen Fuß in diese gottverdammte Stadt gesetzt – und schon gar nicht erneut bei dem Verein angeheuert, für den Jäger so viel Lebensenergie geopfert hatte. Von dem er zum Dank wie ein Stück gammliges Fleisch auf dem Wochenmarkt behandelt worden war, das man so schnell wie möglich und um jeden Preis hatte loswerden wollen.

Warum Haas ihn wirklich zurückgeholt hatte, durfte er Jäger nicht verraten. Klar, irgendwann musste der Tag kommen, an dem er die Wahrheit erfuhr. Haas hoffte jedoch, dass dieser Fall so spät wie möglich eintreffen würde.

Nun saß er dem Mann gegenüber, dem er sich früher sogar mal so nah gefühlt hatte, dass er ihn als Teil seiner Familie betrachtete. Erneut an dem wackeligen Küchentisch dieser heruntergekommenen Wohnung, die er für Jäger organisiert hatte. Es war nicht zu übersehen, dass Jägers Rückkehr nach Kassel ihn schwer gezeichnet hatte: Haas blickte in blutunterlaufene, ausdruckslose Augen und in ein faltiges Gesicht, das Bände sprach über die Strapazen der letzten Tage. Der Stetson, den Jäger schon damals gerne getragen hatte, lag vor ihm auf dem Tisch. Nachdem er an seinem Gin genippt hatte, fuhr er sich mit der flachen Hand über seinen kurz geschorenen Kopf.

»Wo hat das Treffen stattgefunden?«, fragte Haas.

Jäger hob seinen Blick. Wieder sah er seinem Gegenüber kühl in die Augen.

»In einem Wald.«.

»In welchem?«

»Was weiß ich ... In irgendeinem verfluchten Wald eben.«

»Hast du nichts erkannt?«

»Bist du mal in einem Wald gewesen?« Jäger zeichnete eine Reihe senkrechter Striche in die Luft.

»War es denn hier in der Nähe? Vielleicht sogar im Habichtswald?«

Jäger rollte mit den Augen. »Die haben mir 'ne Mütze übergestülpt und mich stundenlang durch die Gegend gekarrt.«

»Was gegen meine Theorie spricht.«

»Ja. Vielleicht sind wir aber auch die ganze Zeit lang nur hin und her gefahren. Es könnte einfach überall gewesen sein.«

»Verstehe.«

Nun probierte Haas selbst einen Schluck von seinem Gin. Schon in jungen Erwachsenenjahren hatte er ein Faible für guten und deshalb teuren Stoff entwickelt, sodass nur die besten Gins einen Platz in der durchaus vorzeigbaren Sammlung im Keller seines Hauses in Kaufungen bekamen. Diesen hier trank er jedoch zum ersten Mal, und selbst nach seinem beherzten Schluck hegte Haas immer noch Zweifel, ob er ihn für tauglich befinden sollte. Er stellte das Glas zurück auf den Tisch und wandte sich Jäger zu. »Was hast du Graf erzählt?«

Jäger verschränkte die Arme. »Das Übliche: Ausländer nehmen uns die Arbeit weg, Multikulti ist gescheitert, die ganze Palette. Ich hab's ein bisschen aufgefrischt wegen der Flüchtlinge. Mutti hat auch ordentlich ihr Fett abbekommen. Setzt unser Land einer großen Gefahr aus, unkontrollierte Zuwanderung, jetzt muss endlich gehandelt werden, bla bla.«

Haas nickte zufrieden. »Das hast du ja immer schon ziemlich gut draufgehabt.« Er klopfte Jäger auf die Schulter. »Und wie bist du angekommen?«

»Gut, denke ich.«

»Denkst du?«

»Nun, sie wollen mich aufnehmen, oder nicht?« Kunstpause. »Allerdings unter der Bedingung, dass ich den … Test bestche.«

»Test? Welchen Test?«

Jägers Blick wanderte eine Zeit lang zwischen den Küchenwänden hin und her. Dann beugte er sich ein Stück vor, stützte seinen Kopf auf der Fläche seiner rechten Hand ab und atmete lang aus, als ob ihm die nun folgenden Worte schwer auf dem Herzen lagen. »Ich soll dabei helfen, eine wildfremde Frau zu entführen.«

Mit einem Mal spürte Haas einen fetten Kloß im Hals. Bei den zahlreichen Gerichtsverhandlungen, denen er über die Jahre im Dienst beigewohnt hatte, waren ihm immer wieder derartige Rituale aus der Szene zu Ohren gekommen. Erzählungen von Tätern, Zeugen und Geschädigten. Berichte über Gewaltexzesse und sexuelle Übergriffe, die als Prüfung dienten. Erschütternde Geschichten, die selbst die erfahrensten Richter, die abgebrühtesten Verteidiger und das hartgesottenste Publikum erschaudern ließen. Raunen und Schluchzen waren durch die Verhandlungssäle geschwappt, wenn ans Tageslicht kam, dass Frauen mit Baseballschlägern vaginal und anal penetriert wurden, bis sie ihr Bewusstsein verloren. Dass Männer ihr Leben verloren, weil ihnen, mit den Zähnen auf dem Bordstein liegend, durch einen Tritt auf den Hinterkopf das Genick gebrochen wurde, ganz wie in dem Spielfilm *American History X*. Dass junge muslimische Frauen Opfer von Gruppenvergewaltigungen wurden, für die sie sich hinterher derart schämten, dass sie sich das Leben nahmen.

Um bei so etwas zuzuhören, musste man ein verdammt harter Hund sein. Was genau man jedoch war, wenn man so etwas *tat*? Dafür hatte Haas in all den Jahren kein Wort gefunden.

Und nun sollte Jäger selbst Teil davon werden. Welche Frau auch immer es erwischte, Haas mochte sich nicht vorstellen, welches Leid sie erfahren würde. Ein verdammt hoher Preis. Vielleicht sogar der höchste überhaupt, den sie und auch Jäger zu bezahlen hatten, damit er bei diesen Hundesöhnen mitmischen konnte.

Doch es blieb ihnen gar keine andere Wahl. Dieser Test war ihre einzige Chance. Manchmal, dachte Haas, müssen die Guten eben schlimme Dinge tun, um die Bösen zu schnappen. Eine Erkenntnis, für die er viele Dienstjahre benötigt hatte. In diesem Job war die Frage nach Richtig und Falsch oftmals nur eine des Standpunkts.

»Was immer du tun musst«, sagte Haas, »ich sorge dafür, dass du nichts zu befürchten hast.«

36

Alles, woran Tulay Celik sich erinnerte, war die plötzliche Dunkelheit.

Aber was in Allahs Namen war nur mit ihr passiert? Wie war sie bloß hierhergekommen? Eben hatte sie noch in ihrer Wohnung vorm Herd gestanden, und dann …

Stück für Stück setzte sich ihre Erinnerung wie ein Mosaik wieder zusammen: Kurz nachdem sie mit dem Kochen begonnen hatte, war ihr aufgefallen, dass ihr wichtige Gewürze fehlten. Adil, ihr frischgebackener Ehemann, liebte scharfes Essen. Heute wollte Tulay ihm wegen seiner Beförderung zum Abteilungsleiter, von der er ihr erst gestern Abend erzählt hatte, sein Leibgericht zubereiten. Das Rezept für die scharfen Lammspieße hatte sie von einem Koch in Antalya gelernt. Doch ohne die passenden Gewürze würde das alles nichts werden, und so streifte Tulay eilig ihren cremefarbenen Hidschab über, den sie an sonnigen Tagen gerne trug, und machte sich auf den Weg zu dem kleinen arabischen Kiosk um die Ecke, bei dem sie sich immer fragte, wie der sich bei so wenig Kundschaft eigentlich über Wasser halten konnte. Dabei kursierte im Viertel schon lange das Gerücht, dass dort in einem Hinterzimmer harte Drogen verkauft würden. Tulay hatte jedoch noch nie auch nur im Entferntesten etwas Auffälliges mitbekommen.

Doch was war dann passiert? Waren da nicht diese verdächtigen Geräusche gewesen? Zügige Schritte, als ob jemand sie verfolgte? Tulay hatte sich mehrere Male umgedreht. Etwas Bedrohliches hatte sie jedoch einfach nicht erkennen können.

Trotzdem war sie dieses seltsame Gefühl nicht losgeworden. Bis zur Haustür hatte es sie begleitet, als sie plötzlich … ja, als sie plötzlich diesen dumpfen Schmerz am Hinterkopf spürte. Von einer Sekunde auf die nächste wurde sie in die Dunkelheit gestoßen.

Allmählich wurde Tulay klar, was mit ihr passiert sein musste: Man hatte sie entführt! Ihr eine modrig riechende

Wollmütze über den Kopf gestülpt, die sie nun auf ihrer Haut spürte. Sie an Armen und Beinen auf einem Holzstuhl gefesselt, dessen brettharte Lehne sich bei jeder Bewegung in ihren Rücken bohrte. Nur ein spärlicher Schein drang durch die groben Maschen der Mütze und ließ sie erahnen, dass es irgendwo da draußen noch Licht gab. Ein Geruch nach frischer Waldluft, und dazu, im Hintergrund, obszönes Gelächter tiefer Männerstimmen. Tulay konnte nur schätzen, wie viele es waren.

Immer wieder huschte eine schemenhafte Gestalt an ihr vorüber, und Tulay zuckte erschrocken zusammen. Obwohl ein Knebel bis zum Rachen in ihrem Mund steckte, versuchte sie zu schreien. Doch mehr als ein leises Quieken bekam sie nicht heraus. Jeder Versuch, sich mit Gewalt von den Fesseln loszureißen, zehrte nur weiter an ihren bereits erschöpften Kräften.

»Hallo, Prinzessin«, sagte plötzlich eine bedrohlich klingende, männliche Stimme. »Willkommen an unserem Hof.«

Dann ein Schlag. Wie ein Hammer traf eine Faust in Tulays Magengrube. Vor lauter Schmerzen musste sie sich krümmen, doch die Fesseln schnitten sich bei jeder Bewegung tief in ihre Haut. Der Knebel erstickte ihre Schreie, und schon bald schmeckte Tulay süßliches Erbrochenes in ihrem Hals.

Wieder Grölen und Klatschen im Hintergrund. Tulay schluchzte. Unter der Mütze kullerten Tränen ihre Wangen herunter.

»Was soll ich tun?«, fragte plötzlich ein anderer Mann.

Tulay vermutete, dass er direkt neben ihr stand. Seine Stimme klang nüchtern, wie die eines Angestellten, der auf die Befehle seines Vorgesetzten wartete, und zudem gedämpft, als ob er durch ein Stück Stoff sprach. Wahrscheinlich, dachte Tulay, trägt er zur Tarnung eine Strumpfhose über dem Kopf.

Dann wieder die Stimme aus der Ferne: »Die Titten«, lautete der Befehl, »massier der Schlampe die Titten.«

Langsam tastete der Mann an Tulays Schulter hinab. Seine Handschuhe rochen nach feuchtem Leder. Als er ihren Busen erreicht hatte, glitt seine Hand ein paar Mal lustlos über ihre Brüste. Tulays letzter Versuch hatte ihr gezeigt, dass an eine Befreiung nicht zu denken war, und so blieb ihr nur, alles über sich ergehen zu lassen. In Gedanken betete sie, dass dieses Schwein nicht auf die Idee kam, ihr –

»Vergiss nicht die Möse«, zerstörte die Stimme aus der Ferne ihre Hoffnung. »Wir wollen doch unsere Prinzessin nicht zu kurz kommen lassen.«

Die Hand des Mannes wanderte weiter ihren Oberkörper herunter. Vergeblich versuchte Tulay, ihre Beine übereinander zu schlagen. Die Fesseln ließen es nicht zu.

Kurz bevor die Hand ihre Scham erreichte, hielt der Mann inne. Zum ersten Mal beschlich Tulay das Gefühl, dass auch er, der ihren Körper mit seiner Hand abtastete, das alles nicht freiwillig tat. Die Unterbrechung, dieses kurze Abwarten, erschien ihr plötzlich wie ein stummer Ausdruck seines Respekts vor ihrer Weiblichkeit.

»Na los!«, wiederholte die Stimme ihren Befehl. »Zeig's der Schlampe.«

Bisher war Adil der einzige Mann gewesen, der sie dort angefasst hatte. Tulays Herz raste, und während der hohe Puls ihr den Schweiß auf die Stirn trieb, sammelte sie ein weiteres Mal ihre Kräfte. Zog und zerrte an den Fesseln. Quiekte und röchelte so laut sie nur konnte.

Vergeblich. Die Hand des Mannes glitt zwischen ihre Beine. Zunächst streifte er nur sanft über ihre Scheide. Doch dann, auf einen weiteren Befehl der Stimme, rieb er an ihrer Klitoris. Begleitet von wellenartigen Anfeuerungsrufen, die zu einem Klangteppich des Hasses verschmolzen.

Tulay gab nicht auf. Versuchte immer weiter, sich doch noch irgendwie aus den Klauen des Mannes neben ihr zu befreien. Tobte wie ein Stier in der Arena. Schluchzte, zog und zerrte erneut an den Fesseln. Doch sie hatte keine Chance.

Deshalb blieb Tulay keine Wahl: Sie musste versuchen, das alles auszublenden. Sich an einen wunderschönen Ort zu wünschen und ihn in ihren Gedanken mit den tollsten Farben auszumalen.

Sie war in Antalya, an jenem naturbelassenen Strand von Konyaalti, den Adil und sie während ihres letzten Besuchs bei seinen Eltern entdeckt hatten. Ein Paradies fernab der Touristenmassen. Tulay spürte den von der Sonne aufgewärmten Sand unter ihren Füßen. Das erfrischende türkisblaue Wasser auf ihrer Haut, während sie ihre sanften Schwimmbewegungen zog. Roch das mediterrane Essen der am Strand grillenden Einheimischen und beobachtete eine Zeit lang das verliebte Pärchen, das sich, Arm in Arm auf dem Rücken liegend, an Deck eines kleinen Fischerboots treiben ließ.

»Kommen wir zum Finale«, befahl die herrische Stimme plötzlich wie aus dem Off. »Die Prinzessin muss hergerichtet werden.« Langsam verschwammen die schönen Bilder in Tulays Vorstellung wie Wasserfarben.

Plötzlich ein lautes Brummen. Was war das nur für ein seltsames Geräusch? Es kam näher und näher, wurde lauter und lauter, bis es sogar das Grölen und die Anfeuerungsrufe übertönte. Ein unerwarteter Ruck, der ihr die Mütze vom Kopf riss. Dann ein beherzter Griff in ihren Schopf, mit dem der Mann mit den Lederhandschuhen ihren Kopf festhielt.

Jetzt spürte sie sie: Die Klingen der Haarschneidemaschine, die in sauberen Bahnen über ihre Kopfhaut fuhr.

Nicht die Haare!, dachte Tulay. Warf ihren Körper hin und her, sodass der Mann mit der Maschine abrutschte und tief in ihre Kopfhaut schnitt. Ein stechender Schmerz, der sich in ihren Verstand bohrte. Sie spürte, wie warmes Blut an ihrem Gesicht hinunterlief.

Mit jeder Sekunde schwanden Tulays Kräfte. Ihr wurde schummrig vor Augen, und schließlich, als der Mann seine Arbeit beendet hatte, baumelte ihr Kopf nur noch leblos vornüber auf ihrer Brust. Begleitet von dem erneuten Grölen und dem Gelächter, tauchte sie wieder ein in die Dunkelheit. Wie ein dichter, undurchlässiger Schleier legte sie sich über sie.

37

Einen flüchtigen Moment lang hatte Göring Mitleid mit der Frau empfunden. Denn die Szene, die sich vor seinen Augen abgespielt hatte, löste eine dunkle Erinnerung in ihm aus. Erinnerte ihn daran, wie er als kleiner Junge immer zum Zuschauen verdammt gewesen war, während Kemal, der türkisch-stämmige Freund seiner Mutter, volltrunken und mit allem, was er in die Finger bekam, auf sie einprügelte. So lange, bis sie am Boden

159

kauerte und ohnmächtig wurde. »Was ist los?«, brüllte ihm der schmächtige Mann mit der Druckwelle einer Fliegerbombe ins Gesicht, »was guckst du so?« Wenn Kemal immer noch nicht genug hatte, kam Göring als Nächster dran.

Auch nachts verschonte er die beiden nicht. Erst hörte Göring das Schluchzen seiner Mutter aus dem Schlafzimmer, ein unterwürfiges Winseln, mit dem sie Kemal anflehte, aufzuhören. Dann die Schritte auf der Wendeltreppe, die das Grauen ankündigten, und wenige Augenblicke später stand der Perverse mit lüsternem Blick vor seinem Bett. Verpasste ihm mehrere Hiebe mit einem Schlagring, zog seine fleckige Feinripp-Unterhose ein Stück herunter, umklammerte Görings Kopf mit seinen Bauarbeiterhänden und presste ihm seinen erigierten Penis in den Mund. Erst wenn Göring das staccatoartige, fiebrige Stöhnen hörte und kurz danach eine warme, klebrige Flüssigkeit seinen Rachen herunterlief, wusste er, dass es für diese Nacht vorbei war.

Der Neue hatte ihren Aufnahmetest mit Bravour bestanden. Als Speer zum ersten Mal von ihm erzählt hatte, war Göring zunächst noch skeptisch gewesen. Hatte nachgehakt, woher dieser Kerl denn auf einmal aufgetaucht sei, und den Wölfen vorgeschlagen, den Interessenten doch besser in einem Abwasch mit diesem verfluchten Beule, der inzwischen zu einem unkalkulierbaren Risiko geworden war, aus dem Weg zu räumen. In seinen Augen wusste dieser Hartzer mit dem Gebiss eines Pferdes ohnehin bereits zu viel. Dass er nicht schon längst bei den Fischen lag, hatte er einzig Speers entschiedenem Widerstand zu verdanken.

Während des Tests hatte der Leitwolf nichts ausgelassen. Schläge, Grabschen, Haare scheren ... das volle Programm.

Dafür wussten sie nun, dass es dem Neuen so ernst war, wie es einem nur sein konnte – und wenn Speers Erzählungen über seine Schlag- und Trittqualitäten der Wahrheit entsprachen, waren die Wölfe nun um ein kampferprobtes Mitglied reicher. Nach Alex' Tod und Goebbels unerklärlichem Verschwinden konnten sie jede weitere Unterstützung gut gebrauchen.

Noch in derselben Nacht nahmen sie ihn bei den Wölfen auf. Direkt nachdem sie die türkische Frau vor einer dunklen Unterführung in der Nordstadt bei voller Fahrt aus dem Auto geschleudert hatten, verbanden sie dem Neuen die Augen. Stülpten ihm wieder eine Wollmütze über und fuhren zurück in den Reinhardswald. An den Ort, der nun schon seit fast zwei Jahren ihr Zuhause war.

Dort versammelten sie sich in Lager drei, wo jedes ihrer Treffen bisher stattgefunden hatte, und setzten sich in einen Kreis: Heß, ihr Leitwolf, der wie immer das Reden übernahm; Rotz, der seit dem Gelingen von Plan B durch die Gegend stolzierte wie ein Gockel; Speer, der wie ein Gestörter sein Fitnessprogramm durchzog und täglich seine Kruppstahl-Muskeln stählte, als wolle er Mister Olympia werden; und zu guter Letzt natürlich er selbst, Göring.

Göring hasste seinen Decknamen. Der hatte nämlich nicht das Geringste mit Fliegerei zu tun, dafür jedoch umso mehr mit den überschüssigen Kilos, die er seit seiner Jugend mit sich herumschleppte, und mit seiner Vorliebe für extravagante Anzüge, die er früher, als er noch Verkäufer bei einem Herrenausstatter nahe der Innenstadt gewesen war, mehrmals täglich wechselte. Und noch mehr hatte er die teuren Accessoires dazu geliebt. Seidene Einstecktücher zum Beispiel, mit gestickten Initialen oder Motiven. Keinen seiner Anzüge hatte er mit in den Wald nehmen können, und bis heute rang Göring darum, sich mit dieser Tatsache abzufinden.

Nachdem sie dem Neuen das obligatorische Erkennungs-Tattoo, die liegende Wolfsangel, verpasst hatten, kauerte er in ihrer Mitte. Abgesehen von seinem blutigen Handgelenk, über das sie einen dünnen Verband gewickelt hatten, sah er auch so ziemlich mitgenommen aus: Mit zwar breiten, aber kraftlos hängenden Schultern, einem Gesicht, dem die Erschöpfung aus jeder Hautfurche quoll wie Saft aus einer gepressten Zitrone, und einem verschwommenen, mutlosen Blick in den Augen, der sich in der Unendlichkeit verlor.

»Kommen wir nun zum Eid«, sagte Heß, nachdem er den Neuen über alle Pflichten aufgeklärt hatte. Der erhob sich daraufhin von dem lehmigen Waldboden, richtete sich auf, streckte den Rücken gerade, als ob er seine Wirbelsäule an einen Besenstiel gebunden hätte, hob seine linke Hand und legte die rechte gefühlvoll in der Höhe seines Herzens auf der Brust ab. Andächtig wiederholte er jeden Satz, den der Leitwolf ihm vorsprach.

»Ich schwöre hiermit diesen heiligen Eid, dass ich den Wölfen allzeit treu und redlich dienen, ihnen unbedingten Gehorsam leisten und als ihr tapferer Soldat jederzeit bereit sein will, zur Rettung des deutschen Volkes und Vaterlandes mein Leben einzusetzen. Es lebe das Heilige Deutschland.«

38

Während Graf und er durch das Geäst schlichen, kämpfte Jäger mit den Bildern seiner Taten. Doch sooft er sie auch beiseiteschob, sie drängten immer wieder hoch, wie ein Stück Holz, das man unter Wasser drückte.

Jäger hatte diese arme Frau nicht gekannt. Sie war einfach da gewesen, zur falschen Zeit am falschen Ort. In einer menschenleeren Nebenstraße, Gott weiß wo, scheinbar fernab von irgendwelchen Nachbarn, die ihre Entführung hätten melden können. Jäger war dabei gewesen, als Graf mit dem Finger geschnippt und damit seine Kampfhunde von der Kette gelassen hatte.

Wieder hatten sie Jäger vor der Fahrt die Augen verbunden und ihm eine Mütze über den Kopf gestülpt, sodass er nichts sehen und die wenigen im Auto gesprochen Worte nur in gedämpftem Ton mithören konnte. Alles, was er spürte, war die Kraft einer plötzlichen Vollbremsung, die ihn in die Sicherheitsgurte presste, und ein kurzer Luftzug, der über die nackte Haut seiner auf dem Rücken gefesselten Arme huschte. Nur Augenblicke später: Das Geräusch einer geöffneten und wieder zugeworfenen Heckklappe, und dann eine fast wortlose Rückfahrt in den Wald, von dem Jäger glaubte, dass er hier dem Anführer der Wölfe begegnet war.

Dort angekommen, fesselte der Muskelprotz die bewusstlose Frau auf einen morschen Holzstuhl. Ihr Kopf baumelte auf der Brust hin und her, und kurz beschäftigte Jäger die Frage, ob sie überhaupt noch am Leben war. Bis sie plötzlich aufschreckte und unter der Wollmütze murmelnde Geräusche von sich gab. Was dann mit ihr geschah, war das Furchtbarste, das Jäger jemals angerichtet hatte. Bilder, von denen er schon in diesem Augenblick wusste, dass sie ihn fortan genauso erbarmungslos verfolgen würden wie jene von Ayhans Tod.

»Voilà«, sagte Graf plötzlich und beendete Jägers Gedankenschleifen.

Der Leitwolf, den alle in der Gruppe nur mit seinem Decknamen Heß ansprachen, stoppte vor einem tiefen Loch, das sich wie aus dem Nichts auftat. Mit funkelnden Augen sah er hinein. Jäger beugte sich vor und wagte ebenfalls einen Blick in die Grube.

Was er dort in zwei Metern Tiefe sah, nachdem Graf mit geübten Handgriffen Gestrüpp und Holzbretter zur Seite gelegt hatte, verschlug Jäger den Atem: Mehr als ein Dutzend hervorragend gepflegter Handfeuerwaffen, Karabiner, Maschinenpistolen, Handgranaten, Mörser, Minen und sogar Bazookas. Alle Waffen ordentlich nach ihrem jeweiligen Typ in Regalen sortiert, die an den Seitenwänden der Grube montiert waren. Das Arsenal der Wölfe.

Was Jäger sofort auffiel: Es handelte sich vorwiegend um veraltete US-amerikanische Waffen aus dem Zweiten Weltkrieg. Unter anderem das halbautomatische Gewehr *M1 Garand*, den *M1 Karabiner*, die *Thompson M1A1* Maschinenpistole und dutzende Splitterhandgranaten des Typs *Mills MK1*. Jäger hob seinen Kopf und sah Graf ungläubig in die Augen.

»Unser Schatz«, sagte der Leitwolf. Er strahlte über das ganze Gesicht.

Natürlich hatte Jäger im Laufe seiner Karriere schon unzählige Waffen gesehen. In dieser Hinsicht neigten Rechtsextreme seiner Erfahrung nach sogar zu einer wahren Sammelwut. Wie Messis hoben sie alles auf, was ihnen in die Hände fiel. Doch ein solcher Fundus brachte selbst sein Herz zum Rasen. Wenn auch nicht auf dieselbe Art wie wohl bei den anderen Wölfen.

»Das ist … Wahnsinn«, stotterte er. »Woher … ich meine … wie seid ihr da rangekommen?«

Graf schien vor Zufriedenheit fast zu platzen. »Komm mit«, sagte er, »ich zeige dir mal was.«

Er führte Jäger durch die Dunkelheit zurück ins Lager drei. Dorthin, wo die Wölfe ihn erst vor einer Stunde in ihr Rudel aufgenommen hatten. Wo Jäger vor den Augen und Ohren der anderen seinen Eid geschworen hatte: Um jeden Preis die Existenz der Wölfe zu verschweigen, auch unter Folter. Sein Leben in ihren Dienst zu stellen. Alles im Kampf gegen die widerrechtliche BRD und für das *Vierte Reich* zu opfern.

Als Graf und er wieder die Sammelstelle erreicht hatten, setzten sie sich auf die Steine. Sie waren allein. Die anderen hatten sich bereits zu ihren Schlafplätzen zurückgezogen. Graf fischte ein knittriges Foto aus seiner Gesäßtasche, faltete es auseinander und reichte es Jäger.

Die Aufnahme hatte erkennbar schon einige Jahre auf dem Buckel. Vielleicht sogar ein ganzes Jahrzehnt. Auf ihr war ein einzelner, zu dieser Zeit etwa fünfzig Jahre alter Mann zu sehen. Er trug einen Pullunder, der trotz seiner schmächtigen Statur nicht besonders eng anlag, darunter ein weißes Hemd mit übergroßen Manschetten in Deutschland-Farben, und eine weinrote Krawatte, die ihm wie eine hungrige Python seinen schmalen Hals zuschnürte. Das zu einem Seitenscheitel gekämmte, schüttere graue Haar flatterte leicht, wahrscheinlich im Wind, und hinter den Gläsern seiner randlosen Brille lauerte ein wacher, fuchsartig gespannter Blick, der den Betrachter des Fotos taxierend anzustarren schien.

Jäger hatte den Mann noch nie zuvor gesehen. Deshalb zog er eine Grimasse und schüttelte den Kopf. »Wer ist das?«

Graf nahm das Foto wieder an sich, faltete es auf ein Viertel seiner Größe und stopfte es zurück in seine Gesäßtasche. »Diesem Mann haben wir das alles hier zu verdanken.« Er hob seine Hand und malte mit zwei Fingern einen großen Kreis in die Luft. »Schon mal vom *Bund Deutscher Jugend* gehört?«

Wieder blieb Jäger nur, stumm den Kopf zu schütteln.

Graf lächelte ihn leicht abschätzig an. »Hätte mich auch gewundert.«

Er stützte seine Ellbogen auf die Knie, faltete seine Hände zu einem Dreieck und sah Jäger so tief in die Augen, als hätte er Humphrey Bogarts Aufforderung aus Casablanca verdammt wörtlich genommen.

Dann klärte er das neue Mitglied der Wölfe auf. Darüber, wie es angefangen hatte. Damals, Anfang der Fünfziger, in der frisch gegründeten BRD. Darüber, wie sich von da an alles bis zum heutigen Tag weiterentwickelt hatte.

Nur mit großer Mühe gelang es Jäger, seine Fassade aufrechtzuerhalten. Nicht, weil ihm jener Dreckskerl gegenübersaß, den er für das Schlechte und Böse verantwortlich machte, das ihm seit Ayhans Tod widerfahren war. Das allein war schon schwer genug zu ertragen. Sondern, weil er in diesem Augenblick durch Grafs Erzählungen zum ersten Mal die wahren Ausmaße der Verschwörung erahnte. Inmitten seiner Verwirrung sah er plötzlich eine Sache völlig klar: Robert Haas, sein ehemaliger Kollege und jetziger Dezernatsleiter beim hessischen Verfassungsschutz, hatte ihn nicht nur mit seinen widerlichen Vanille-Zigarillos in Rauchschwaden gehüllt. Nein, er hatte ihn für seine Zwecke benutzt. Hatte ihm etwas vorgespielt, als er Jäger am Telefon erzählte, die Existenz einer rechten Terrorgruppe sei bloß eine Vermutung. Hatte ihn eiskalt hinters Licht geführt und ohne Skrupel ins offene Messer laufen lassen – und je länger Jäger darüber nachdachte, desto mehr befürchtete er, dass das, was er soeben von Graf erfahren hatte, noch nicht das Ende war.

Wenn er jetzt nicht aufhörte zu graben, würde mit Sicherheit noch eine ganze Menge ans Tageslicht gelangen.

39

Haas hatte immer gewusst, dass dieser Tag irgendwann kommen musste. Nun war er da. Jetzt blieb ihm nichts anderes mehr übrig, als endlich mit der Wahrheit rauszurücken. Wenn auch nur mit der halben.

Früher hatte Haas für besonders heikle Treffen gerne die Besucherterrasse des alten Flugfelds Kassel-Calden gewählt. Erstens, weil man hier meistens so ungestört war wie sonst nur in abgelegener Natur, und zweitens, weil er als passionierter Privatpilot es liebte, währenddessen den in der Sonne glitzernden Cessnas, Pipers oder Beechcrafts bei ihren Start- und Landevorgängen zuzusehen. Erst vor eineinhalb Jahren hatte er seine PPL-A Lizenz erhalten, und seitdem sammelte er bei jeder Gelegenheit die nötigen Flugstunden zusammen. Für den nächsten Sommer war geplant, dass er mit Ingrid, seiner Frau, und ihren beiden Töchtern in einer gecharterten Maschine in den Urlaub nach Mallorca fliegen würde.

Nach der Eröffnung des neuen Airports Calden, der nur etwa einen Kilometer Luftlinie entfernt lag, entstanden auf dem Gelände des alten Flughafens ein Gewerbepark sowie eine Flüchtlingsunterkunft mit Platz für 1500 Personen. Somit schied die Besucherterrasse für das Treffen mit Jäger aus, weshalb sich Haas für den Infopoint des neuen Airports ausgesprochen hatte: Ein etwa drei Meter hohes, himmelblau gestrichenes Häuschen, das mit einer Plattform auf dem Dach als Aussichtspunkt auf das Rollfeld sowie die Start- und Landebahn diente. Eine große Tafel gab Auskunft über den Aufbau und die Entstehung des Flughafens.

Jäger kam pünktlich an. Zuerst hörte Haas eilige Schritte auf den metallischen Treppenstufen, die hinauf zur Plattform führten. Dann drehte er sich um und erkannte Jäger, der wie ein Pitbull auf Crack zu dem Geländer hinschnaubte, über das Haas lässig lehnte. Mit wutgeschwängertem Blick riss er ihm den Zigarillo von den Lippen und pfefferte ihn in die Ferne, als würde er eine Handgranate auf eine feindliche Stellung werfen. Okay, dachte Haas, jetzt ist Showtime.

Jäger stellte sich neben ihn und verschränkte die Arme. »Verdammt, was für eine Scheiße wird hier eigentlich gespielt?«, überfiel er Haas ohne Begrüßung. »Hast du etwa davon gewusst?«

Eine Zeit lang starrte Haas ausdruckslos auf das Rollfeld. Lauschte Jägers hektischem Atem, und spürte förmlich, wie der Hass, der in diesem Augenblick in ihm kochte, mit jedem Zug aus ihm herausströmte.

Dann drehte Haas sich zu ihm herum. Sah ihm in die Augen ... und nickte. »Vor neun Monaten etwa«, fing er an zu erzählen, »kam dieser Typ zu mir: Bastian Cassani.« Er griff in seine Jackentasche und drückte Jäger ein Foto in die Hand. Es zeigte einen Mitte zwanzig Jahre alten, nicht auffällig groß gewachsenen Mann, der viel zu weite Thor-Steinar-Kleidung trug und so finster in die Kamera sah, als hätte er damit die Linse durchbohren wollen.

»Cassani war Einzelkind. Ist behütet aufgewachsen. Beide Eltern Erzieher. Der Vater ein Nachkomme italienischer Gastarbeiter.«

Jäger, der weiterhin sichtlich mit seinen Gefühlen rang, warf nur einen flüchtigen Blick auf das Bild. »Warum erzählst du mir das alles?«, schnaubte er. Er gab das Foto zurück, und Haas verstaute es wieder in seiner Jackentasche.

»Cassani war so etwas wie der letzte Mohikaner«, antwortete Haas. »Mit einer körperlichen Behinderung zwar, aber trotzdem einer der ganz wenigen V-Männer, die wir zu diesem Zeitpunkt noch nicht aus dem Verkehr gezogen hatten. Ist der Polizei vor Jahren mehrfach wegen Verstößen gegen das Betäubungsmittelgesetz ins Netz gegangen. Als sich während einer Vernehmung auf der Dienststelle dann herausstellte, dass Cassani über Kontakte ins rechte Milieu verfügte, sind die Kollegen sofort auf uns zugekommen. Wir haben die Chance gewittert, ihm ein Konzessionsangebot gemacht ... und überraschender Weise hatte der Junge genügend Grips, es anzunehmen.«

»Gibt's einen Grund, warum du die ganze Zeit in der Vergangenheit von ihm redest?«

Haas ließ seinen Blick wieder in die Ferne schweifen. Hinüber zu der Start- und Landebahn, wo der Pilot einer *Cessna 172 RG Cutlass* vermutlich gerade die letzten Startvorbereitungen traf. Dazu das leise Summen der hundertachtzig-PS-Maschine, das wie ein Bienenschwarm klang, der sich ihnen langsam näherte.

»Haste in letzter Zeit mal 'nen Blick in die HNA geworfen?« Jäger schüttelte stumm den Kopf. »Kurz nachdem du angekommen bist, ist so 'n Jogger morgens beim Laufen auf ein Auto gestoßen. In Wilhelmshöhe, auf einem der Feldwege zwischen Bergpark und Prinzenquelle. Der Typ wollte den Fahrer sofort zur Rede stellen. Plötzlich sah er dann eine Stichflamme aus einem der Fenster schießen. Tja ... im nächsten Augenblick hat ihn dann eine Explosion aus den Latschen gehauen.« Haas griff an seine Brusttasche und tastete nach den Zigarillos. »Ich glaube, du kommst selber drauf, wer in dem Wagen saß.«

»Cassani?«

Haas nickte. »In der Presse sah alles nach Selbstmord aus: Ein gerade mal fünfundzwanzig Jahre alter, introvertierter Bursche, der sich in seiner Klapperkiste verbrennt, weil er schon seit Jahren an schweren Depressionen litt und einfach nicht auf die Füße kam.« Haas zischte durch die Zähne. »Würde mich echt wundern, wenn man uns diese Story abgekauft hat.«

Er grabschte nach der Packung, fischte einen Zigarillo heraus und erweckte ihn zum Leben. Aus dem Augenwinkel sah er Jägers missbilligenden Blick. Hätte man damit jemanden zerfleischen können, Haas wäre in diesem Moment zu grobem Hack verarbeitet worden.

»Und wie ist er wirklich umgekommen?«, fragte Jäger.

»Nun, die Ermittlungen laufen noch«, klärte Haas ihn auf, »aber bisher spricht alles für Tod durch Ersticken. Irgendjemand, der anscheinend mit ordentlich Kraft am Leib gesegnet ist, muss den kleinen Italiener wohl etwas zu lange in den Schwitzkasten genommen haben.«

»Irgendjemand?« Jäger hob die Augenbrauen. »Am wahrscheinlichsten ist doch, dass die Wölfe ihn aus dem Weg geräumt haben?«

Haas nickte stumm und spielte mit der Glut seines Zigarillos an dem Geländer herum. »Sieht so aus.«

»Aber ... warum?«

»Was weiß ich denn«, log Haas und warf ruckartig seinen Kopf zurück. »Keine Ahnung, was intern bei denen abgelaufen ist. Um das zu ermitteln, habe ich ja schließlich dich zurückgeholt!«

Jäger hob mahnend den Finger. »Cassani war bereits tot, kurz nachdem ich in Kassel eingetroffen bin!«

»Schon gut, schon gut.« Haas legte seine freie Hand auf Jägers Schulter.

Eine Zeit lang beobachteten sie die Cessna, wie sie beschleunigte und sich mit aufheulendem Motor dem Ende der Startbahn näherte. Als sie die Startgeschwindigkeit – zwischen 74 und 82 Knoten – erreicht zu haben schien, zog der Pilot die Nase nach oben und stieg im optimalen Anstellwinkel dem Himmel entgegen. Ein Start wie aus dem Lehrbuch, dachte Haas.

»Warum hat Cassani ausgerechnet mit dir Kontakt aufgenommen?«, setzte Jäger schließlich wieder an. »Wieso ist er nicht wie üblich zu seinem V-Mann-Führer gegangen? Und was hat er dir erzählt?«

Haas inhalierte einen kräftigen Zug. Hielt kurz den Atem an und pustete den Rauch anschließend langsam zur Seite raus.

Dann fing er ganz von vorne an.

40

Stumm folgte Jäger der Beichte des Dezernatsleiters.

Was Haas ihm in diesem Augenblick auftischte, stellte zweifellos einen waschechten Polit-Skandal dar. Offenbarte eine nicht für möglich gehaltene Verstrickung von Staat und Terrorismus, die in der Öffentlichkeit wie eine Bombe einschlagen würde, da war er mit Haas einer Meinung. Gerade mal zehn Jahre nach dem NSU-Skandal, was das Vertrauen der Bevölkerung in den Staat erneut massiv beschädigt hätte.

Es war schwer zu glauben, aber Graf hatte ihm tatsächlich die Wahrheit gesagt. Bis Jäger sie jedoch nicht aus dem Mund seines ehemaligen Kollegen gehört hatte, war er noch voller Hoffnung gewesen, dass sich alles am Ende nur als krankes Hirngespinst eines psychopathischen Rechtsradikalen entpuppen würde. Jetzt aber hatte er Gewissheit: Es war bittere Realität.

Haas hatte ihn aufgeklärt. Angefangen bei der Geschichte des *Bundes Deutscher Jugend*: Im Auftrag der frisch gegründeten NATO wurde Anfang der 1950er Jahre ein Netzwerk von verdeckt agierenden paramilitärischen Einheiten aufgebaut, das sich über mehrere westeuropäische Staaten erstreckte. Diese sogenannten *Stay Behind*-Organisationen existierten nur zu einem einzigen Zweck: Um für den Fall eines sowjetischen Einmarschs Einheiten zur Verfügung zu haben, die hinter den feindlichen Linien als Partisanen agieren würden. Waffenlager und Züge sprengen, wichtige hochrangige Militärs und Politiker liquidieren sowie Infrastruktur und Logistik zerstören.

Unter der Federführung der US-Geheimdienste wurden die Mitglieder dieser Organisationen jahrelang entsprechend ausgebildet. Sowohl im Umgang mit diversen Waffenarten geschult, als auch in besonderen Techniken des Nachrichtenwesens und der Sabotage. Überall in der BRD wurden riesige geheime Depots angelegt, in denen die zukünftigen Partisanen Waffen und Material versteckten – einfach alles, was sie im Ernstfall benötigten. Um zu verhindern, dass jemand die Fronten wechselte, rekrutierte man die glühendsten Anti-Kommunisten überhaupt: Nazis.

In Deutschland fiel die Wahl deshalb auf den *Bund Deutscher Jugend*. Einen rechtsextremen, dem Kommunismus äußerst feindlich gesinnten Verband, den der Arzt und Publizist Paul Lüth 1950 in Frankfurt gegründet hatte. Dessen politisches Leitmotiv: Eine vermeintlich unmittelbar bevorstehende kommunistische Infiltration der westlichen Staaten durch Widerstandsaktionen schon in Friedenszeiten zu vereiteln. Mit dem Ziel, eine bewaffnete Bewegung gegen den Bolschewismus zu formieren.

In der Öffentlichkeit zeigte der BDJ seine rechtsextreme Ideologie natürlich nicht. Und doch offenbarte der Verband immer mal wieder seine wahre Fratze: In Form antisemitischer

Entgleisungen von Funktionären sowie durch die Rekrutierung ehemaliger NSDAP-Mitglieder und Soldaten der Waffen-SS. Auch der Verfassungsschutz sprach in mehreren Berichten von eindeutig rechtsextremen Tendenzen.

Zur Tarnung wurde das Verbandsleben geschickt in zwei Bereiche getrennt. So beteiligten sich viele Mitglieder zum Beispiel mit Freizeitaktivitäten an der Jugendarbeit, planten und führten Kundgebungen durch und brachten Propaganda unter die Leute: Informationsmaterial, Hand- und Klebezettel sowie Plakate und Flugblätter. Der andere Teil hingegen organisierte sich im sogenannten *Technischen Dienst*, einer wiederum 1951 gegründeten geheimen, paramilitärischen Unterorganisation des BDJ, die als Auffangbecken für ewiggestrige Nazi-Veteranen aus Wehrmacht und Waffen-SS diente. Beinahe ausschließlich durch US-amerikanische Geheimdienststellen, aber auch gleichgesinnte Industrielle und sogar Behörden der damals noch jungen Bundesrepublik finanziert, wurden diese durchaus nicht jugendlichen Männer zwischen dreißig und vierzig ausgebildet und in den *Technischen Dienst* eingegliedert.

Schon ein Jahr später schlug dann plötzlich der BDJ-Funktionär Hans Otto bei der Frankfurter Kripo auf ... und packte aus. Seiner Aussage nach erhielt der BDJ monatlich 50.000 DM von den USA, dazu Waffen, Munition und haufenweise Sprengstoff. Ottos detaillierten Berichte entfachten einen wahren Flächenbrand. Eine deutsch-amerikanische Untersuchungskommission wurde ins Leben gerufen, und nach monatelanger Recherche stieß man schließlich im Odenwald auf ein gigantisches Waffenlager mit Maschinengewehren, Granaten, leichten Artilleriegeschützen und Sprengstoff.

Außerdem fand man eine schwarze Liste mit den Namen von vierzig führenden deutschen Politikern, die liquidiert werden sollten. Darunter hauptsächlich SPD-Genossen.

Die erdrückende Beweislast zwang die US-Behörden schließlich dazu, ihre Verdunkelungstaktik aufzugeben. Sie mussten gestehen, dass sie die Ausbildung von Partisanen im BDJ finanziert und aktiv betrieben hatten. 1953 wurde die Organisation deshalb als verfassungswidrig eingestuft und verboten. Mit der tatkräftigen Hilfe des Funktionärs Hans Otto, der die Tarnung des BDJ hatte auffliegen lassen, hoben die Ermittlungsbehörden in den Folgejahren überall in der BRD versteckte Waffenlager aus. Alle bis auf eins.

In der nur dreijährigen Existenz des BDJ hatte sich ein Mitglied als besonders fanatisch entpuppt: Fritz Böhl. Zwischen Männern, von denen keiner in der Nazi-Zeit eine ethisch weiße Weste behalten hatte, stach er sogar noch heraus.

Der ehemalige Leutnant der Waffen-SS hatte sich in Russland während der Operation *Barbarossa*, dem Angriff auf die Sowjetunion, durch seine brutale Art und seine fanatische Regime-Treue einen Namen gemacht. Laut einigen Berichten von Überlebenden, besaß er damals eine besonders sadistische Leidenschaft: Aus einer Menschenmenge suchte er willkürlich Personen aus, ließ ihnen von einem Arzt schleichend wirksames Gift verabreichen und schaute dann, während er genüsslich zu Abend speiste, dabei zu, wie sie langsam neben seinem Tisch verendeten. Einmal hatte ein Augenzeuge mit ansehen müssen, wie der Leutnant einen Greis in eine Grube stieß, in der ausgehungerte Schäferhunde Kreise zogen wie Aasgeier. Die Tiere rissen den alten Mann in Stücke, und Böhl hielt sich oben am Rand vor Lachen den Bauch.

Sein Sohn Werner stand ihm in nichts nach. Als früherer Beamter im Finanzamt Frankfurt/Main war er erst vor wenigen Monaten in den vorzeitigen Ruhestand getreten. An seinem Arbeitsplatz, wo er Kollegen oder Mitbürger mit Migrationshintergrund am laufenden Band schikanierte, wurde er nur *Klein Adolf* genannt. In regelmäßigen Abständen versuchte man, ihn deshalb in eine andere Behörde zu versetzen oder gegen ihn dienstrechtlich vorzugehen. Doch dafür war er viel zu gerissen, und so blieb von den Vorwürfen nie wirklich etwas Substantielles an ihm haften.

»Vor ein paar Jahren sind sich Graf und dieser Werner mehrmals in Südhessen begegnet«, erzählte Haas, was Jäger auch bereits vom Anführer der Wölfe erfahren hatte: Werners Vater hatte von der Existenz und dem genauen Standort des verbliebenen Waffenlagers des BDJ gewusst. Vor seinem Tod gab er die Koordinaten an seinen Sohn weiter, weil er überzeugt war, dass dieser damit schon das Richtige anfangen würde. Außerdem lehrte er seinen einzigen Nachkommen alles, was ihm zunächst die Wehrmacht und schließlich die Amerikaner im BDJ vermittelt hatten. Den Umgang mit Waffen und Sprengstoff, Grundwissen des Nachrichtenwesens sowie Verhör-, Sabotage- und Partisanen-Techniken.

Als Werner Böhl einige Jahre später den wild entschlossenen Lutz Graf kennenlernte, sah der hagere Finanzbeamte plötzlich alles ganz klar vor Augen: Seine militärischen Fähigkeiten und sein Wissen über das Waffenlager an die Wölfe weiterzugeben, das war seine Lebensaufgabe. Sein Vater, der ansonsten niemals offen seine Gefühle gezeigt hatte, hätte ihm wahrscheinlich vor lauter nationalem Stolz auf die Schulter geklopft.

Aber woher wusste Haas von all dem? Das war für Jäger fast das Unglaublichste an der Geschichte. Der Dezernatsleiter nahm einen tiefen Zug seines Zigarillos und tischte ihm anschließend die schockierende Wahrheit auf: Bis zu seinem qualvollen Tod in den Flammen seiner abfackelnden Rostlaube, war Bastian Cassani nicht nur ein V-Mann des Verfassungsschutzes, sondern auch ein Mitglied der Wölfe gewesen! Unter dem Decknamen *Napoli* hatte das Hinkebein bis zuletzt monatlich fünftausend Euro von dem Amt kassiert. Dafür hatte er ihnen Informationen geliefert. Teuer erkauft durch zusätzliche, unregelmäßige Sonderzahlungen, sodass Cassani über die Jahre annähernd zweihundertfünfzig Tausend Euro eingestrichen hatte. Es brauchte nicht viel Fantasie, um sich auszumalen, wohin dieses Geld geflossen war.

»Diese Mistsau hat uns reingelegt«, versuchte Haas die Unfähigkeit des Verfassungsschutzes zu erklären. »Hat meistens gezwitschert wie ein Vögelchen. Von blutrünstigen Attentaten war da allerdings nie die Rede.«

»Aber ihr habt doch von den Wölfen gewusst?« Jäger rang um seine Fassung. »Was hat Cassani denn für heiße Infos geliefert, dass sie euch so viel wert waren?«

Haas zündete sich einen neuen Zigarillo an. »Wer da angeblich alles mitgemischt hat, zum Beispiel. Wer das Kommando hatte, wie die Gruppe aufgebaut war, ob es Kontakte zu Gleichgesinnten gab ... So was eben.«

»Und warum habt ihr die nicht eingebuchtet? Ihr hattet doch verdammt noch mal genug in der Hand dafür!«

»Dieser Spaghetti hat uns mächtig aufs Kreuz gelegt«, bekräftigte Haas. »Hat uns Namen von vermeintlichen Mitgliedern genannt, die wir jedoch niemals verifizieren konnten, weil ... Nun, weil Cassani hier in Kassel eben der letzte verbliebene V-Mann war. Sozusagen die einzige wertvolle Karte, die wir überhaupt noch im Blatt hatten.« Haas nahm einen tiefen Zug und blies den Rauch, der sich in dem böigen Wind kräuselte, zur Seite raus. »Ein Ass war's nicht gerade. Keiner von den Namen hat gestimmt. Alles fromme Lämmchen. Die hatten nicht mal Punkte in Flensburg.« Er schüttelte den Kopf und sah eine Zeit lang mit glasigem Blick auf die nun verwaiste Rollbahn. »Das Einzige, von dem wir sicher wissen, dass es die Wahrheit war, ist die Geschichte von Fritz und Werner Böhl und dem BDJ. Das haben wir gecheckt.«

Jäger nickte. »Graf hat mir dasselbe erzählt.« Er angelte seinen Stetson vom Kopf und warf ihn in geübtem Rhythmus von einer Hand in die andere. »Ich hab sie gesehen«, flüsterte er. »Die Lager im Wald ... Und die Waffen.«

Haas hustete seinen letzten Zug heraus. Wie ein Morsecode paffte der Rauch in kleinen Wolken aus seinem Mund. Sprachlos starrte er seinem Gegenüber ins Gesicht.

»Damit könnten die einen verfluchten Krieg anfangen«, erklärte Jäger weiter. »Einen Krieg, für den ihr nicht mal ansatzweise gerüstet seid.« Mit einer flüssigen Bewegung bugsierte er wieder seinen Stetson auf den Kopf und tippte sich anschließend mit zwei Fingern an die Krempe. Am Horizont zogen pechschwarze Gewitterwolken auf.

»Weißt du, mein Gefühl hat mich selten getäuscht«, erklärte Jäger zum Abschied, »und diesmal sagt es mir: Die nächste Schlacht steht uns unmittelbar bevor ...«

41

Speer saß am Steuer des VW Touran und trommelte auf dem Lenkrad den Rhythmus der Radiomusik mit.

Die Wölfe hatten sich viel Zeit gelassen mit der Wahl des richtigen Fahrzeugs. Sind dafür in eine weiter entfernte Stadt gefahren, damit sie in Kassel und Umgebung nicht auffielen, falls nach dem Wagen gefahndet werden würde. Sie hatten sich für Hannover entschieden.

Es sollte ein Wagen sein, der ihren Anforderungen genügte. Mit ausreichend Platz für mögliche Waffen-, Geld- oder Gefangenentransporte sowie ordentlich Caramba unter der Haube. Sie brachen den Touran auf, steuerten ihn in der Nacht nach Kassel und ließen ihm in einer Kfz-Werkstatt ihres Vertrauens in einem Hinterhof in der Nordstadt einen neuen Anstrich verpassen und ihn außerdem mit einem ganzen Stall voller Extra-Pferdchen ausstatten, um in der Not den Blau-Weißen auch mal die Rücklichter zeigen zu können. Nach den vorgenommenen Modifizierungen entsprach der Wagen somit genau ihren Wünschen. Über gute Connections und vor allem mithilfe des Geldes, dass das Hinkebein Goebbels angeschleppt und Speer als Bestechung für einen Hersteller von Autokennzeichen eingesetzt hatte, bekamen die Wölfe ein neues Nummernschild, so sauber wie ein frisch gepuderter Kinderpopo.

Bevor Lutz Graf ihn zu den Wölfen geholt hatte, war Speer Schlagzeuger in der Rechtsrock-Band *Herrenmensch* gewesen. Sie hatten ausschließlich selbst komponierte Songs gespielt und sich mit Liedern wie *Systemkampf*, *USrael* und *Ehrentod* in der Szene bereits einen Namen gemacht. Einmal traten sie sogar in Prag im Rahmen eines riesigen Sommerfests auf, wo Kameraden aus ganz Europa zusammentrafen.

Dort, direkt nachdem *Herrenmensch* von der Bühne gerollt war, kam ein Mann mit nordisch blauen Augen und einer unübersehbaren Narbe im Gesicht auf Speer zu. Stellte sich vor, und es dauerte nur einen kurzen Augenblick, bis es bei Speer Klick machte: Es war Lutz Graf. Der Mann, der für viele seiner Kameraden so etwas wie ein Heiliger und wenige Jahre zuvor einfach von einem Tag auf den anderen auf mysteriöse Weise aus der Szene verschwunden war.

Nachdem sie sich begrüßt hatten, gingen Graf und er gemeinsam ein paar Schritte. Am Rand des Festivalgeländes setzten sie sich auf eine Holzbank. Preußisch effizient, verschwendete Graf keine Zeit und kam sofort zum Kern des Gesprächs. Aus der Ferne drangen schnelle Rhythmen und tiefkehlige Stimmen, die visionär über die goldene Zukunft des kommenden *Vierten Reiches* grölten.

»Ich habe viel Gutes von dir gehört«, sagte Graf und legte Speer eine Hand auf die Schulter. »Außerdem hast du ordentlich Bumms im Flügel.« Er zeigte auf Speers aufgepumpten Bizeps, der unter dem Ärmelrand des viel zu engen T-Shirts hervorquoll wie ein Pilz. »Boxer?«

Speer schüttelte den Kopf. »Kraftsport, ohne Geräte. Nur mit dem eigenen Körpergewicht.«

Graf pfiff durch die Zähne. »Die guten alten deutschen Turnübungen, was?«

»Hm-hm.«

Dann weihte ihn Graf in seine Pläne ein. Erzählte ihm von Werner Böhl, dem BDJ und dem nie entdeckten Waffenlager im Reinhardswald. Sprach mit einer Überzeugungskraft, wie sie Speer noch nie zuvor erlebt hatte, und redete sich dabei so in Rage, dass seine ledrige Narbenhaut aussah, als würde sie pochen.

Speer hörte aufmerksam zu. Was Graf ihm erzählte, klang in seinen Ohren wie die lang ersehnte Bestimmung, nach der er Tag für Tag mit wachsender innerer Unruhe suchte. Denn von der Vorbestimmtheit seines Lebens hatte er den Kanal schon seit geraumer Zeit gestrichen voll. Studium, danach gähnend langweilige Arbeit in irgendeinem stickigen Architektenbüro und schließlich Frau, Kinder, Haus, Garten und Familienkutsche. Das hatte wie die Kopie der Karriere seines Vaters geklungen, der immer nur an der Frage interessiert gewesen war, wann denn sein einziger Sohn endlich in seine Fußstapfen trat.

Die schleichende Veränderung seines Sohnes verfolgte er hingegen mit wachsender Verachtung. Niemals würde Speer den angewiderten Blick in den Augen seines Vaters vergessen, mit dem er sich von oben bis unten geprüft fühlte, als er sich kurz vor dem Konzert in Prag mal wieder zuhause blicken lassen hatte. Damals durfte sein Vater auf keinen Fall erfahren, dass sein Studium seit zwei Semestern mehr oder weniger brachlag und er stattdessen Vollzeit in einem Laden am Stern jobbte. Dort, wo er Militärbekleidung an gleichgesinnte Kunden verkaufte, die sich mit Runen-Tattoos oder anderen Szene-Zeichen zu erkennen gaben. In der übrigen Zeit traf er sich entweder mit seinen Band-Kollegen zum Proben oder trainierte wie ein Berserker in seiner Studentenbutze nahe der Eisenschmiede, die sein Vater ihm bezahlte.

Jedes Mal, wenn er durch dieses Klein-Istanbul lief und sich dabei fühlte wie ein Fremder, wenn er diese schmutzigen und übel riechenden Kinder nach *Anne*, also ihren Müttern, rufen hörte und ihm diese *Yalla Yalla*-Musik in den Ohren dröhnte, wünschte er sich, hier mal kräftig aufzuräumen. Diese Menschen ein für alle Mal nach Anatolien zu entsorgen, wo sie hingehörten. Nein, Deutschland schaffte sich nicht ab – Deutschland hatte sich schon längst abgeschafft. Wohin das Gerede von Multikulti und einer offenen Gesellschaft führte, konnte jeder sehen, der sich nicht gerade jenseits der Probleme im Vorderen Westen oder in Wilhelmshöhe abschottete. Irgendetwas musste einfach passieren. Irgendjemand musste das alles aufhalten, bevor es endgültig zu spät war und es in Deutschland nichts mehr gab, das zu retten überhaupt noch würdig gewesen wäre.

Wer hingegen seine Mutter war, wusste Speer nicht. Er hatte sie niemals kennengelernt. Auch sein Vater hatte aus eigenen Stücken nichts von ihr erzählt. Lediglich auf besonders hartnäckige Nachfragen hatte er immer nur diesen einen Satz wiederholt: »Sie ist bei der Geburt gestorben.« Als würde er glaubwürdiger klingen, wenn er ihn nur oft genug sagte. Speer hatte immer daran gezweifelt und irgendwann seine eigenen Nachforschungen angestellt.

Und die Indizien, auf die er stieß, entwarfen dann auch ein anderes Bild. Alles sprach dafür, dass seine Mutter diesem überheblichen und verlogenen Intellektüllen kurz nach Speers Geburt den Laufpass gegeben hatte. Wahrscheinlich, weil sie diesen selbstherrlichen Mann einfach nicht mehr ertrug. Doch das aufgeblähte Ego seines Vaters ließ es wohl nicht zu, von einer Frau verlassen worden zu sein. Umgehend streckte er seine Fühler nach einem fünfundzwanzig Jahre jüngeren Bett-häschen aus, für das nichts anderes von Belang war als die Adipositas seines Bankkontos.

Die piepsige Stimme des Radio-Moderators schreckte Speer aus seinen Erinnerungen. Kalter Schweiß lief ihm am Hals herunter. Er wischte sich mit den Händen durchs Gesicht, griff dann nach der Wasserflasche auf dem Beifahrersitz und pumpte den Liter an einem Stück ab.

Aus dem Augenwinkel sah er, wie sich der Neue dem Tou-ran näherte. Speer entsperrte die Zentralverriegelung und wartete.

Der Neue glitt ohne Begrüßung auf den Beifahrersitz. Wortlos stellte er seinen prall gefüllten Backpacker-Rucksack in tarnfarbenem Khaki vor sich im Fußraum ab. Aus den Netz-taschen an den Seiten ragten diverses Camping-Geschirr aus Aluminium, mehrere Kochlöffel aus Holz und eine Thermos-kanne heraus. An der Vorderseite hatte er eine zusammenge-rollte Isomatte festgezurrt. Dem Geräusch nach zu urteilen, war der Rucksack randvoll mit Konservendosen.

»Alles dabei?«, fragte Speer und nickte mit dem Kinn in Richtung des Fußraums.

Der Neue blieb stumm und starrte weiter durch die Wind-schutzscheibe. »Hm-hm«, brummte er schließlich.

»Und?«, hakte Speer nach. »Haben sie dir die Story abge-kauft?«

Nach dem Aufnahmeritual hatte ihr Leitwolf dem Neuen genau einen Tag Zeit eingeräumt: Vierundzwanzig Stunden, um sich von seinem bisherigen Leben zu verabschieden. Um die nötigsten Dinge für den Wald zusammenzupacken. Und vor allem, um seiner Familie, seinen Freunden und jedem, den es sonst noch betraf, den urplötzlichen Abgang glaubhaft zu verkaufen.

Kein leichtes Unterfangen, wie Speer aus eigener Erfahrung wusste. Seinen Vater hatte er zwar schlichtweg überhaupt nicht informiert und bis heute hegte er keinen Zweifel daran, dass der über sein Verschwinden allerhöchstens Krokodilstränen vergossen hatte. Doch mit seinen Band-Kollegen war der Fall schon anders gewesen, denn so einfach hatten ihn die Jungs von *Herrenmensch* nicht gehen lassen wollen. Schließlich war ihm nur geblieben, ihnen ein ziemlich an den Haaren herbeigezogenes Ammenmärchen aufzutischen: Sein Vater habe ihm einen Studienplatz an einer Elite-Universität in den USA aufgezwungen, sodass er nun keine Wahl habe, als in das Land auf der anderen Seite des großen Teichs zu ziehen.

Eine plötzliche, ruckartige Handbewegung des Neuen ließ Speer zusammenzucken.

»Wo geht's hin?«, fragte Jäger.

Speer schüttelte sich. Spannte seine Brustmuskeln an und ließ Adolf und Joseph, wie er sie getauft hatte, ein kleines Tänzchen veranstalten, um sich damit wie immer Respekt zu verschaffen. »Augenbinde und Mütze auf«, befahl er schmallippig. Dann, nachdem der Neue sich für die Fahrt präpariert hatte, startete er den Motor. »Der Chef meint, du seist jetzt bereit.«

»Bereit wozu?«, fragte der Neue.

Obwohl dieser ihn nicht sehen konnte, verzog Speer keine Miene. »Bereit für unseren nächsten Plan.«

Mit einem beherzten Tritt aufs Gaspedal jagte er den gepimpten Touran in den Feierabendverkehr.

42

Jägers Herz rannte wie eine Gazelle auf der Flucht. Und das nicht nur wegen der drei Lines, die er sich nach seiner Rückkehr in die Wohnung auf den Schock reingezogen hatte. Schon während seines Treffens mit Graf, der ihm während seines ersten Aufenthalts im Lager von den neuen Anschlagsplänen der Wölfe berichtet hatte, war es ihm schwergefallen, sich zu konzentrieren. Immer wieder war ihm dieser eine Gedanke durch den Kopf geschossen: Jetzt haben wir sie bei den Eiern.

Haas nahm das Gespräch gefühlt erst nach dem zwanzigsten Klingeln entgegen. »Eines ist mal klar«, bellte er in den Hörer. »Du schnupfst echt zu viel von dem Zeug.« Er hustete. »Was gibt's?«

»Wir haben sie.«

Stille in der Leitung. »Was meinst du damit, wir haben sie?«

»Der große Manitu hat ein Nachsehen mit euch.« Jäger konnte die Verwirrung des Dezernatsleiters durchs Telefon spüren. »Obwohl ihr so viel Glück eigentlich überhaupt nicht verdient habt.«

»Bin ich hier bei 'ner Quiz-Show, oder was?« Eine Salve klickender Geräusche schoss durch die Leitung. Offensichtlich versuchte Haas gerade, mithilfe eines widerspenstigen Feuerzeugs einen Zigarillo zum Leben zu erwecken. »Also, jetzt noch mal von vorne. Aber ohne Rätsel, bitte.«

Jäger nutzte die Sekunden, in denen sein Gesprächspartner den Rauch seines ersten Zuges in den Hörer blies, und sammelte sich. Er hegte nicht den geringsten Zweifel: Das, was er seinem früheren Kollegen zu berichten hatte, würde ihn so schockieren, dass dieser Gefahr lief, vor lauter Schreck an seinem stinkenden Glimmstängel zu ersticken.

Dann packte Jäger aus. Erzählte alles, was Lutz Graf ihm erst vor wenigen Stunden offenbart hatte: Den nächsten Anschlagsplan der Wölfe. Denn Jäger war jetzt über sämtliche Einzelheiten informiert. Was, wann, wo, wer, wie, womit. Ein gewaltiger, ja sogar perfekter Plan. Bis ins letzte Detail durchdacht wie eine Komposition von Bach, wo jede Note genau an der richtigen Stelle steht.

Das Ziel: Niemand geringerer als der hessische Ministerpräsident. Der schwarze Sheriff, wie er während seiner früheren Zeit als Innenminister getauft worden war, hatte sich wegen der Anschläge in der nordhessischen Metropole zu einem spontanen Bürgertermin mit anschließender Pressekonferenz im Rathaus angekündigt. Er würde in der Nacht von einem Besuch im katalonischen Regionalparlament anreisen, da der Termin in Kassel bereits für acht Uhr morgens angesetzt war. Über einen Freund von Rotz, der diesem noch einen Gefallen schuldig war und vor wenigen Monaten eine Stelle am neuen Airport Kassel angetreten hatte, ergatterten sich die Wölfe eine Kopie des Flugplans. Graf hatte Jäger den Zettel präsentiert wie ein Stück edlen Camembert. Alles Wichtige war darauf vermerkt. Vor allem die geplante Ankunft um 00:30 Uhr.

»Das ist ... unglaublich«, stotterte Haas. »Wie genau wollen die das anstellen?«

Jäger griff nach seinem Block, auf dem er sich nach seiner Ankunft in der Wohnung eilig die wichtigsten Eckdaten seines Gesprächs mit Graf notiert hatte.

»In der Nähe des Flughafens gibt es diesen Steinbruch«, fing er an zu erklären. »Es ist geplant, dass sich die Wölfe dort eine Stunde vor der angekündigten Landung einrichten und auf ihre Beute lauern. Graf höchstpersönlich wird den Ministerpräsidenten mit einem Präzisionsgewehr, Typ M1D, erschießen. Einer der Wölfe bleibt im Fluchtfahrzeug und wartet in der Nähe eines Waldstücks bei Schachten. Von da aus geht's dann zurück in ihre eigentlichen Lager, wo auch immer die nun sind. Natürlich werden sie bis an die Zähne bewaffnet sein. Mit Mörsern, Thompsons, Bazookas ...«

»Klingt ja fast so, als könnten die damit einem militärischen Gegenangriff standhalten.«

»Einem der Bundeswehr auf jeden Fall.«

Eine Zeit lang herrschte Schweigen in der Leitung. Trotzdem beschlich Jäger das Gefühl, dass sich die Gedanken im Kopf seines früheren Kollegen in diesem Moment überschlugen. Mit Sicherheit tüftelte Haas gerade eine Strategie aus, um den geplanten Anschlag zu verhindern. Denn wenn es eine Sache gab, die ihn schon damals, als er noch ein gewöhnlicher Beamter und kein Dezernatsleiter gewesen war, immer ausgezeichnet hatte, dann war es zweifellos sein taktisches Geschick.

»Ich kann das gar nicht richtig fassen«, sagte er nach einer Weile. »Die laufen uns ja direkt in die Arme! Wenn ich nicht so 'n überzeugter Atheist wäre, würde ich jetzt sagen, das muss ein Geschenk des Himmels sein.«

»Also, wie gehen wir vor?«, fragte Jäger. »Der schwarze Sheriff und seine Entourage werden schon übermorgen hier einfliegen.«

Das Geräusch, das durch die Leitung drang, ließ Jäger vermuten, dass Haas unbemerkt ein Glas Gin eingegossen und sich dann einen kräftigen Schluck genehmigt hatte. Was nur allzu verständlich war, bei diesen sensationellen Neuigkeiten. Schlafen würden sie in dieser Nacht wohl beide nicht mehr.

Haas hustete und schien sich auf die Brust zu schlagen. »Auf keinen Fall dürfen wir sie aufschrecken«, stellte er klar, nachdem sein Anfall sich wieder gelegt hatte. »Du sollst bei der Sache dabei sein, nehme ich an?«

»Hm-hm«, brummte Jäger. »Treffpunkt ist direkt am Zielort.«

»Um wie viel Uhr startet die Aktion?«

»Viertel nach elf.«

Jäger hörte, wie Haas diese Informationen auf einer Tastatur in seinen Computer eintippte. »Gut. Ich klär das ab«, sagte er anschließend, »wir werden ’ne schlagkräftige Truppe zusammenstellen und denen einen netten Empfang bereiten.« Wieder trank er hörbar einen großen Schluck. Das leise Geräusch, das danach in Jägers Ohr drang, bedeutete wohl, dass er sich den Mund abwischte.

»Ach, und Stahlfaust?«

Jäger lauschte in den Hörer.

»Verdammt gute Arbeit!«

43

23:32 Uhr. Von den Wölfen war weit und breit nichts zu sehen.

Irgendetwas stimmte nicht. Jäger spürte es. Diese Unpünktlichkeit passte nicht zu dem preußisch exakt durchgetakteten Plan der Gruppe.

Jäger war davon ausgegangen, dass er bei seiner Ankunft auf dem Gelände des Kalksteinbruchs auf Wölfe treffen würde, die sich bereits für ihr Vorhaben eingerichtet hatten. Auf schwer bewaffnete Männer, die bereit waren zuzuschlagen. Auf ihr Ziel fokussiert bis in die letzte Haarspitze, vollgepumpt mit Adrenalin und einem jederzeit schießbereiten Finger am Abzug. Wie Soldaten in einem Schützengraben, Sekunden vor dem Sturm auf die feindlichen Stellungen.

Es war eine überraschend kalte, dafür aber umso klarere Nacht geworden. Keine Wolke hatte sich am Himmel verirrt. Jäger lag dort, am Fuße des meterhohen Kalksteinbergs, und blickte fast im Sekundentakt auf die Uhr. Verdammt noch mal, wo blieben die nur?

Sofort nach seinem Gespräch mit Haas hatte Jäger im Internet einen Mietwagen gebucht. Am späten Nachmittag holte er den Seat Ibiza in Wilhelmshöhe ab, durchquerte auf dem kurvenreichen Teil der Rasenallee den Bergpark und folgte ihr bis nach Calden. Dort stellte er das Fahrzeug auf dem kostenfreien Parkplatz des neuen Flughafens ab und schlug zu Fuß den Weg zurück ins Dorfzentrum ein.

Im rustikalen und gutbürgerlichen *Caldener Hof* angekommen, gönnte er sich ein zünftiges Abendessen: Nürnberger

Würstchen mit Püree und Sauerkraut. Dazu ein großes alko-
holfreies Bier, weil er für das anstehende Ereignis einen klaren
Kopf bewahren musste.

Trotz der lautstark geführten Gespräche der anderen Gäste, konnte Jäger nur an eines denken. Die Vorstellungen, was
ihn in wenigen Stunden erwarten würde, schwirrten unablässig in seinem Kopf herum wie ein Schwarm aufgescheuchter
Bienen. Heute Nacht durfte er sich keinen Fehler erlauben. Er
musste gerüstet sein für die einzige Chance, diesen Mördern
mit einem Schlag den Garaus zu machen. Um die Stadt und
ihre Bewohner zu befreien aus den Knebeln der Angst, die
nach und nach jedes Leben zu ersticken drohten.

Ich darf das einfach nicht versauen, dachte Jäger.

44

Immer noch nichts von der Stahlfaust. Mit jeder Sekunde tick-
te die Uhr unnachgiebig der Entscheidung entgegen.

Erwartungsvoll starrte Haas auf das Display. Schon seit einer Stunde harrten sie hier in der Dunkelheit aus, in dem
schmalen Waldstück an der Holländischen Straße, keine hundert Meter vom Gelände des Kalksteinbruchs entfernt ... und
hofften. Mit freiem Blick auf das Geschehen, geschützt durch
die Schwärze der Nacht, warteten sie auf das entscheidende
Zeichen: Die Nachricht von Jäger, die den Startschuss für ihre Operation geben würde. Sie nannten sie *Wolfsgarten*, in

Anlehnung an den Namen einer Anlage im Erzgebirge, die bis ins neunzehnte Jahrhundert dem Wolfsfang gedient hatte.

Sie, das waren insgesamt neunzehn Mann, darunter zwölf bis an die Zähne bewaffnete junge Polizeibeamte des Sondereinsatzkommandos, die sich an diesem Abend ihre Sporen verdienen wollten. Aufgeteilt in drei je vier Mann starke Eingreiftrupps, dazu sechs Kollegen aus Haas' Dezernat und außerdem er selbst, dem man die Einsatzleitung übertragen hatte. Hoffentlich, dachte Haas, würde ihre Operation einen ähnlichen Ausgang nehmen und die Kasseler Wölfe genauso ausrotten, wie es den Gruben im Wolfsgarten gelungen war. Aber während man heute den Wölfen einen berechtigten Platz im Ökosystem einräumte, würde man die Kasseler Brut ganz sicher nicht vermissen.

In dieser Nacht stand das Schicksal der Stadt auf dem Spiel. Der politische und soziale Frieden in Nordhessens einziger Metropole, der bereits durch die Anschläge in Vellmar und vor der Orangerie massiv erschüttert worden war. Schon seit Wochen hatte es unter der Oberfläche in der Stadt gebrodelt wie in einem Schnellkochtopf, und zu allem Überfluss gossen einige Medien auch noch fleißig Öl ins Feuer. Manchmal hatte Haas sich allerdings die Frage gestellt, was eher zutraf: Existierte in der Bevölkerung tatsächlich eine große Angst, über die Zeitungen, Fernseh- und Rundfunksender berichteten? Oder produzierten die Medien selbst mit ihren düsteren Reportagen jene Angst überhaupt erst?

Bei diesem Gedanken fuhr Haas sich durchs Gesicht. Er wusste, dass er hier nicht weniger als seinen Kopf riskierte. Noch nie hatte er an etwas teilgehabt, von dessen Resultat so viel abhing wie diesmal: der Fortgang seiner Karriere beim Verfassungsschutz. Als Leiter des Dezernats *Rechtsextremismus* war er maßgeblich dafür verantwortlich gewesen, dass sich die Wölfe mit der Unterstützung von V-Mann Bastian Cassani, Deckname *Napoli*, auf ihre Taten vorbereiten konnten. Dabei war die ganze Wahrheit ja immer noch nicht bekannt – und Haas würde alles tun, damit das auch so blieb.

Deswegen hatte er darauf bestanden, die Führung zu übernehmen. Nach seinem Telefonat mit Jäger hatte er im Eiltempo die wichtigen Stellen informiert. Den Leiter der Abteilung 2, zuständig für Inlandsextremismus, der wiederum den Präsidenten des Verfassungsschutzes kontaktierte, das Innenministerium und natürlich den Ministerpräsidenten. Trotz des Risikos hatte sich der schwarze Sheriff bereiterklärt, für die Operation die Rolle als Lockvogel zu erfüllen. Eine mutige Entscheidung oder wollte er hinterher die politischen Lorbeeren einsammeln – als wagemutiger Ministerpräsident, der sich trotz der Gefahr für Leib und Leben der rechten Bedrohung entschlossen entgegengestemmt habe?

Haas kam das nur gelegen. In der Öffentlichkeit sollte sein Name so wenig wie möglich im Zusammenhang mit den Kasseler Wölfen auftauchen. Wenn jemand wie der schwarze Sheriff unbedingt das Opferlamm spielen wollte, bitte schön, dem würde er sich nicht entgegenstellen.

Als Haas erneut einen Blick auf das Display seines Diensthandys warf, fielen ihm plötzlich am anderen Ende des schmalen Waldstücks die wilden Handzeichen eines jungen SEK-Beamten auf. Mit hektischen Gesten versuchte der Polizist der Spezialeinheit, Kontakt zu ihm herzustellen. Haas gab ihm ebenfalls ein Handzeichen und kroch mit eingezogenem Kopf an der niedrigen Böschung entlang zu dem Trupp hinüber.

Doch irgendetwas irritierte ihn. Was wollten diese Männer überhaupt von ihm? Er hatte allen Beteiligten den Ablauf der Operation bis ins letzte Detail erklärt. Hatte den Plan wiederholt wie ein Mantra, bis ihn jeder im Raum hätte hoch und runter beten können. Wieso hatten diese Männer also einfach so, ohne Befehl, ihre Formation aufgelöst und sich in einem Kreis aufgestellt? Und was war das überhaupt für ein merkwürdiger Gegenstand, den ihr Truppführer in der Hand hielt? Den er mit ratlos hängendem Kopf begutachtete, als sei er bei einer archäologischen Ausgrabung auf ein seltenes Artefakt gestoßen? Haas näherte sich dem Trupp bis auf wenige Schritte.

Dann plötzlich erkannte er es. Gelähmt vor Schock, sah er dem jungen Beamten durch das Visier seines Schutzhelms in die Augen.

Was er sah, war die nackte Angst vor dem Tod.

45

Was zum …

Ein durchdringender Knall peitschte Jäger in die Ohren. Instinktiv rollte er sich zusammen wie ein Igel. Doch sogar hier, geschützt hinter dem hohen Kalksteinberg, spürte er die Wucht der Detonation. In rasender Geschwindigkeit breitete sich eine flammende Hitzewelle über dem Gebiet aus. Ein meterhoher Feuerball, umhüllt von pechschwarzem Rauch, schoss senkrecht in die Luft, als wollte er den Himmel stürmen. Unzählige Gegenstände segelten von oben herab, und Jäger mochte sich gar nicht vorstellen, worum genau es sich dabei handelte.

Erst nach einigen Minuten beruhigte sich sein Herzschlag langsam wieder auf Normalniveau. Auch das Pfeifen in den Ohren ließ jetzt etwas nach. Jäger entspannte zögerlich seine Arme, unter denen er seinen Kopf zum Schutz vergraben hatte, und befreite sich von den Steinen, Metallstücken und Ästen umliegender Bäume, die auf ihn niedergegangen waren.

Dann lugte er vorsichtig an dem Berg vorbei. Spähte hinüber zu dem Ort, wo Haas und die Jungs vom SEK ausharrten und der Zugriff erfolgen sollte. Als er das Ausmaß der Verwüstung erkannte, versagte ihm der Atem.

Ein solches Bild kannte er bisher nur aus dem Fernsehen: Von dem Waldstück war schlichtweg nichts mehr übriggeblieben. Alles hinweggefegt wie von einem Orkan, und nur noch vereinzelte, in Hüfthöhe abgebrochene Baumstämme deuteten darauf hin, dass hier mal so etwas wie ein Wald existiert hatte. Eine dunkle Rauchwolke hing in der Luft und sah aus wie ein düsteres Mahnmal dessen, was sich soeben abgespielt hatte.

Auch ein mehrere Hundert Meter langes Stück der Holländischen Straße hatte einiges abbekommen: Leitpfosten waren wie Schrapnelle durch die Luft geschossen und lagen nun kreuz und quer verstreut. Das Straßenpflaster aufgeplatzt wie ein Ekzem und vom nachtschwarzen Himmel regnete unterbrochen ein Pfuhl aus blutgetränktem Erdboden auf die Szenerie herab.

Erst in diesem Moment fing Jäger an zu begreifen.

Diese verfluchten Schweine! Hatten sie ihn etwa wirklich …?

Ein plötzliches Geräusch in seinem Rücken ließ ihn in die Höhe schnellen. Für den Bruchteil einer Sekunde blitzte im Mondschein ein metallischer Gegenstand auf, der auf seinen Kopf herunterschoss wie die Klinge einer Guillotine.

Von jetzt auf gleich pustete ihm ein dumpfer Schmerz die Lichter aus.

46

Die Schmerzen schossen durch seinen Körper wie die Stromstöße eines Defibrillators. Immer wieder, wenn Jäger nach einem Schlag die Augen einen Spaltbreit öffnete, sah er in zufriedene und hämisch grinsende Gesichter der Wölfe. Um ihn herum nur dichter, kohleschwarzer Wald. Keine Anzeichen, die auf einen Polizeieinsatz nach dem Anschlag hindeuteten: Keine flackernden Blaulichter angerückter Einsatzfahrzeuge, keine taghellen Scheinwerfer über ihren Köpfen kreisender Helikopter, keine Geräusche näherkommender Suchtrupps. Das alles konnte nur bedeuten, dass sie sich nicht in unmittelbarer Nähe zum Tatort befanden.

Doch wohin hatten ihn diese verfluchten Mistkerle verschleppt? Wie lange war er bewusstlos gewesen? Und die wichtigste aller Fragen: Wie sollte er sich nur aus dieser aussichtslosen Lage befreien?

Dann, als Jäger vor Schmerzen wieder einmal seine Augen geschlossen hatte, hörte er plötzlich eine tiefe Stimme. Jäger identifizierte sie als die des Muskelprotzes.

»Na, Mäuschen? Noch mehr Streicheleinheiten?«

Speers wuchtiger Punch schlug in seiner Magengrube ein. Ein säuerlicher Brei kroch seinen Hals hinauf, quoll aus seinem Mund und tropfte schließlich zu Boden, wo er sich zusammen mit taufeuchter Erde und dunkelrotem Blut zu einer übelriechenden Pfütze mischte.

Mit der wenigen noch verbliebenen Kraft versuchte Jäger, sich zu befreien. Doch derjenige, von dem er an diesen Baumstamm gebunden worden war, hatte ganze Arbeit geleistet –

und je stärker Jäger an den Kabelbindern riss, desto tiefer schnitten sie sich in das Fleisch seiner Handgelenke.

Nun trat Lutz Graf in sein Sichtfeld. Sein beherzter Griff umschlang Jägers Hals wie eine Anakonda, und während er dem Gefesselten in die Augen sah, pochte seine Halsschlagader im Rhythmus eines Techno-Beats.

»Unser Mäuschen kapiert so langsam«, sagte Speer. Seine Brustmuskeln tanzten Tango Argentino. »Soll ich ...?«

Graf schüttelte den Kopf. »Lasst uns einen Moment allein.«

Speer nickte und trat ein paar Schritte zurück. Auch Göring und Rotz folgten der Anweisung des Leitwolfs. Graf sah ihnen hinterher und drehte sich erst wieder zu Jäger herum, als die anderen außer Hörweite waren.

»Dieser Schwachkopf hat Recht, hm?« Mit einem Nicken zeigte er auf das Rudel hinter sich. »Bei dir geht allmählich eine Lampe an, oder?«

Jäger bündelte seine Kräfte und hob unter Qualen seinen Kopf. Er wartete, bis sich genügend Blut in seinem Mund gesammelt hatte, aus welcher Wunde auch immer es kam, und spuckte seinem Gegenüber eine volle Ladung ins Gesicht.

Erkennbar angewidert fischte Graf ein Tuch aus seiner Jacke. »Das nehme ich mal als Ja.« Er wischte sich das Blut aus dem Gesicht.

Tatsächlich musste man keinen nobelpreisverdächtigen Intellekt besitzen, um zu begreifen, was sich abgespielt hatte: Die Wölfe hatten Jäger in eine bestialische Falle gelockt. Hatten dem Verfassungsschutz, und damit ihrem eigentlichen Hauptfeind, einen harten Wirkungstreffer verpasst. Doch das Schlimmste war: Jägers Gefühl sagte ihm, dass diese Nacht noch lange nicht zu Ende war.

Für die Öffentlichkeit würde es so aussehen, als sei der Staat dem Terror nicht mehr gewachsen. Als könnten weitere Anschläge jederzeit und überall passieren. Eine Drohung, die sich in den Köpfen der Menschen einnisten und niemals Ruhe geben würde. Die das Gesicht der Stadt für immer verändern und sie in eine angstvoll-nervöse Stimmung versetzen würde.

Ein genauso blutrünstiger wie genialer Coup, dachte Jäger. Aber wie hatten sie das eingefädelt? Zweifellos mussten die Wölfe etwas von ihm und seiner wahren Absicht gewusst haben. Mussten informiert gewesen sein, dass er in einem geheimen Auftrag des Verfassungsschutzes gearbeitet hatte. Doch woher sollten sie ...?

Plötzlich dämmerte es ihm. »Cassani«, murmelte er.

Graf ließ das blutverschmierte Tuch auf den Waldboden fallen. »Was?«

»Cassani«, wiederholte Jäger. »Er muss die Verbindung sein.«

Der Leitwolf schürzte beeindruckt die Lippen. »Respekt, Respekt«, sagte er. »Hätte ich einen Hut, würde ich ihn jetzt vor dir ziehen. Aber wie du siehst ...« Graf bellte ein Lachen. »Manchmal kann ich gar nicht glauben, dass ihr es uns so leicht gemacht habt. Dieser Dezernatsleiter beim Verfassungsschutz? Dein ... Freund?« Graf malte Anführungszeichen in die Luft. »Ein ziemlich auskunftsfreudiger Mann.«

»Wie meinst du das?«

Graf rollte mit den Augen. »Ich bitte dich, Richard! Oder André?« Er kratzte sich gekünstelt am Kopf. »Ich muss gestehen, ich bin da irgendwann durcheinandergeraten.«

»Cassani«, wiederholte Jäger erneut, »er wusste also Bescheid?«

Graf nickte. »Unser Hinkebein war bestens unterrichtet: Wann du in Kassel ankommst, was genau dein Job sein wird … Und alles nur für den Preis von ein paar absolut wertlosen Informationen. Kannst du dir das vorstellen?« Der Leitwolf kam so nah heran, dass der Duft von altem Schweiß, den er ausdünstete, sich einen Weg in Jägers Riechorgan erkämpfte. »Bezahlt, informiert und unterstützt von seinen eigenen Feinden. Und dann liefern die sich auch noch selbst ans Messer.« Er schüttelte den Kopf, als wollte er seinen Ausführungen nicht glauben. »Eigentlich ein bisschen zu einfach für meinen Geschmack. Aber wie sagt man doch bei uns so schön? Einem geschenkten Fisch schaut man nicht hinter die Kiemen.«

Jäger schluckte. Seine Vermutung war bittere Erkenntnis geworden: Die Wölfe hatten ihm eine hinterhältige Falle gestellt – und sie war genauso zugeschnappt, wie sie es sich vorgestellt hatten. Jetzt war er in ihr gefangen. Zappelte wie eine Fliege im Netz einer Spinne, die es in Person von Lutz Graf sichtlich genoss, ihre Beute zunächst unschädlich zu machen, um sie dann häppchenweise zu verspeisen.

»Was ist mit Cassani passiert?«, fragte Jäger. Er ließ seinen Gedanken freien Lauf. »Du hast ihn umgebracht …«

Wieder schürzte Graf die Lippen. »Pff, dieser Spaghetti wollte doch tatsächlich rebellieren«, erzählte er. »Hat damit gedroht, deinem Freund zur Abwechslung mal ein paar echte Infos zu stecken.«

»Das konntest du natürlich nicht auf dir sitzen lassen.«

»Ganz richtig, Mr. Marlowe.« Graf schenkte ihm ein verschmitztes Lächeln. Jäger staunte, dass sein Gegner offenbar Raymond Chandler gelesen hatte. Eine Sache mehr, die er diesem Mann niemals zugetraut hätte.

»Aber jetzt genug vom Kaffeekränzchen.« Der Leitwolf griff an sein Halfter, zückte ein Messer und streifte mit der Klinge sanft über Jägers Hals. »Sprich mir nach und sag *Bye-bye* ...«

47

Die Mündung der Pistole bohrte sich in seinen Nacken.

Rotz schob Jäger Schritt für Schritt voran. In der Dunkelheit musste er sich auf jeden einzelnen Schritt konzentrieren, um nicht über Äste und Steine zu stolpern. Mit hinter dem Kopf gefesselten Händen, hätte er sich nicht richtig abfangen können und wäre der Länge nach auf dem Bauch gelandet.

Bis vor wenigen Minuten hatte Graf noch die Klinge gegen seinen Kehlkopf gepresst. Dann, nachdem der Leitwolf ihm sein Handy abgenommen hatte, hatte er Rotz herbeigeholt und ihm einen Befehl erteilt. »Bring den Job zu Ende«, hatte Graf gesagt, »aber leise, kapische?«

Rotz hatte genickt und sich zur Erfüllung seines Auftrags von Speer mit einem Colt M1911 und einem passenden Schalldämpfer ausstatten lassen.

Während Rotz und er sich nun durch das Gehölz kämpften, zwang Jäger sich zur Ruhe. Auch im Angesicht seines drohenden Schicksals versuchte er, nicht in Panik zu verfallen. Irgendeine Lösung gab es immer – trotzdem sollte die zündende Idee nicht mehr allzu lange auf sich warten lassen.

Sie kam ihm, als er an das Gespräch mit Graf zurückdachte. Erst jetzt wurde ihm klar, dass der Leitwolf in seiner Arroganz womöglich einen taktischen Fehler begangen hatte. Das herauszufinden war seine einzige Chance, diesen Wahnsinn zu überleben.

Dann hielt Rotz mit einem Mal unverhofft an. »Bleib stehen«, befahl er. Seine Stimme flatterte wie ein Violinenvibrato. »Hock dich da vor den Baum.«

Langsam ging Jäger auf die Knie und ließ scheinbar demütig seinen Kopf hängen. Eine Strategie, mit der er das Überraschungsmoment zu verstärken hoffte. Auf diese Karte musste er alles setzen. Ein verschwindend kurzer Augenblick, der über Leben oder Tod entscheiden würde.

Jetzt vernahm Jäger in seinem Rücken ein verdächtiges Geräusch: Rotz schraubte den Schalldämpfer auf den Lauf.

»Cassani und du«, setzte Jäger an. »Wart ihr ... befreu–«

»Still«, versuchte Rotz, harsch zu klingen. »Ich muss ... So eine ...« Immer noch der typische Klang eines Gewindes. Offensichtlich hatte Rotz in dem, was er tat, nicht allzu viel Übung.

»Habt ihr eigentlich darüber abgestimmt? Oder hat Heß das im Alleingang entschieden?«

»Von was für –« Rotz schien jeden Moment der Geduldsfaden zu reißen. »Halt endlich den Mund, okay?«

»Das mit Cassani. Mit seinem Auto und dem Feuer?«

Stille. Das metallische Geräusch war verstummt.

Jackpot, dachte Jäger. Jetzt war es einer der Wölfe, der in *seinem* Netz zappelte. »Ich meine ja nur«, fuhr er fort. »Jemanden im Auto verbrennen? Ist ’ne ziemlich harte Nummer. Dann doch lieber so. Eine Kugel ... zack ... und alles ist vorbei.«

Das verschlug Rotz hörbar die Sprache.

Nun würde Jäger schon wieder kämpfen müssen. Zur Vorbereitung seines Angriffs bündelte er seine Aufmerksamkeit. Schloss die Augen, obwohl es Nacht war, um von nichts in seinem Sichtfeld abgelenkt zu werden, und horchte konzentriert in die Grabesstille, die über dem Waldstück lag. Nur Rotz' unregelmäßiges Schniefen verriet ihm, dass sein Henker tatsächlich noch hinter ihm stand.

»Woher weißt du –«

Das war die Gelegenheit: Jäger packte den Horse-Kick aus. Einen Pferdetritt, den er häufig an seinem Sandsack auf Gran Canaria trainiert hatte. Ließ sein rechtes Bein aus der Hüfte nach hinten schießen ... und traf Rotz mit voller Wucht. Mit lautem Krachen zersplitterte das Schienbein. Rotz fiel rücklings zu Boden. Begleitet von einem dumpfen Geräusch, schlug sein Hinterkopf hart auf einen kantigen Stein. Von jetzt auf gleich verhallte sein schmerzerfüllter Schrei. Nur Sekunden später lag wieder nächtliche Ruhe über den Bäumen. Jäger harrte minutenlang aus.

Erst, als er sicher war, dass keiner der anderen Wölfe etwas von dem Zwischenfall mitbekommen hatte, sprang er auf die Füße und hielt unverzüglich Ausschau nach einem etwa schulterhohen Ast. Als er einen passenden entdeckt hatte, hob er die Arme und rieb den Kabelbinder mit ruckartigen Bewegungen immer wieder über die Baumrinde. Schnitt sich dabei mehrere Male tief ins Fleisch. Warmes Blut lief an seinen Unterarmen entlang zu seinem Nacken hinunter. Er biss sich auf die Lippen und unterdrückte das Bedürfnis, seine Schmerzen herauszuschreien. Mit allen Kräften, die er mobilisieren konnte.

Dann war er frei.

Jäger hielt sich gar nicht erst mit seinen Verletzungen auf. Sofort drehte er sich zu dem am Boden ausgestreckten Rotz herum, der aussah, als sei er mitten in seinem Schrei erstarrt. Mit offenem Mund und herausquellenden Augäpfeln lag er da, in einem stinkenden Saft aus Blut und Gehirnmasse, der langsam in der Erde versiegte. Sein Kopf zertrümmert wie vom Huf eines Stiers. Kurzer Prozess, dachte Jäger. Er hegte nicht den geringsten Zweifel: Der Aufprall hatte das zweitjüngste Mitglied der Wölfe sofort ins Jenseits befördert.

Jägers Blick fiel auf den Colt. Er bückte sich zu der Leiche hinunter und löste die Pistole aus der Umklammerung der Finger. Ließ das Stangenmagazin herausschnellen und kontrollierte die Patronen: Sieben an der Zahl.

Mehr als genug, um die restlichen Wölfe zur Strecke zu bringen.

48

»Hey, Arschloch!«

Graf lag auf dem Bauch und schoss erschrocken herum. Er blickte in das blutverkrustete Gesicht des Mannes, der eigentlich längst unter den Toten weilen sollte – und in die Mündung des Colts, die sich ihm langsam näherte.

Rotz! Graf fluchte innerlich. Dieser Mistkerl hatte es verbockt. Speer hatte Recht gehabt: Der Typ war nichts weiter als eine nichtsnutzige Pussy. Wenn er ihn doch nur nach dem gelungenen Anschlag vor der Orangerie aus dem Weg geräumt hätte ...

Aber wieso war Graf nicht aufgefallen, dass dieser Jäger sich in seinem Rücken an ihn herangepirscht hatte? Das war untypisch für ihn, denn normalerweise entging seiner Aufmerksamkeit nichts. War er zu vertieft gewesen in seine Pläne, wie die nächsten Aktionen der Wölfe aussehen würden?

»Steh auf!«, herrschte Jäger ihn an. »Und ganz sachte, verstanden?« Mit seitlichen Schritten bewegte er sich auf ihn zu. »Wenn du Faxen machst, entleere ich das ganze Magazin in deinem Schädel.«

Graf ließ das Nachtsichtgerät, mit dem er soeben noch die Umgebung beobachtet hatte, ins Gras fallen und faltete seine Hände hinter dem Kopf. Während er äußerlich kooperierte, beschäftigte ihn in Gedanken hingegen nur die Frage, wann Göring und Speer von ihrem Toilettengang zurückkommen würden. Bis dahin war Ablenkung seine einzige Option. »Hör zu, ich verstehe, dass du –«

»Halt deine verfluchte –« Jäger spannte den Hahn. Schon bei der sanftesten Berührung des Abzugs würde das Höllenfeuer aus der Pistole schießen.

Als Jäger bis auf wenige Schritte an ihn herangekommen war, blieb er plötzlich stehen. Mit der freien Hand deutete er auf die Seitentasche an Grafs Military-Hose. »Das Handy«, bellte er. »Her damit. Sofort!«

Graf nickte und handelte wie befohlen. Tastete in seine Hosentasche, fischte das Handy heraus und warf es vor seinem Angreifer ins Gras. Für einen kurzen Augenblick senkte Jäger den Blick zu seinen Füßen.

Als hätte er nur auf diesen Moment gewartet, tauchte plötzlich Speer aus der Dunkelheit auf. Seine Faust schlug wuchtig in Jägers Gesicht. Während der nach hinten taumelte, sauste der Colt in hohem Bogen durch die Luft, sodass die Nacht ihn verschlang. Aus Speers Augen sprühten Funken von Hass.

Das ist sein Ende, dachte Graf. Jetzt würde Speer Püree aus ihm machen. Doch zu seiner Überraschung war es Göring, der zuerst seinen massigen Körper in Jägers Richtung wuchtete. Wollte der Fettsack ihnen damit etwa irgendwas beweisen? Auch Speer sah ihm nur erstaunt entgegen.

Jäger hingegen rappelte sich auf. In Erwartung von Görings erstem Angriff, riss er die Fäuste zur Deckung hoch, während sein Gegenüber auf ihn zuschnaubte. Weit kam er jedoch nicht.

Mit einem Ausfallschritt wich Jäger der rechten Geraden aus und positionierte sich sofort in Görings Rücken. Führte seine Arme blitzschnell unter dessen Achseln hindurch, verschränkte seine Hände hinter dem Nacken seines Gegners und ließ sich mit seinem ganzen Körpergewicht ruckartig zu Boden fallen.

Göring hatte nicht den Hauch einer Chance. Bevor er überhaupt realisieren konnte, dass Jäger ihn mit einem Doppelnelson kontrollierte, war sein Genick bereits gebrochen. Begleitet von einem lautstarken Krachen, baumelte sein Kopf nur noch leblos auf der Brust. Jäger lockerte seinen Griff und ließ den Toten zu Boden sinken.

Jetzt hatte Speer genug gesehen. Wie ein Sprinter beim Start schoss er aus dem Stand auf Jäger zu und brüllte seine ganze Wut heraus. Jäger fixierte ihn mit den wachen Augen eines Falken.

Als Speer nah herangekommen war, stoppte Jäger ihn mit einem Schnapptritt. Feuerte eine Doppelschlag-Kombination hinterher, sodass Speers rasierter Schädel wie ein Punching-Ball hin und her pendelte. Sprang dann aus dem Stand in die Höhe wie eine Katze, drehte sich in der Luft um die eigene Achse und streckte seinen Kontrahenten mit einem technisch astreinen Spinning-Back-Kick nieder. Zum Schluss kniete er sich neben ihn, hob den Kopf des Bewusstlosen mit einer Hand an und hämmerte mit dem Ellenbogen auf ihn ein wie ein Presslufthammer.

Woher kamen Graf diese Bewegungen nur so bekannt vor? Auch Jägers flüssige, einzigartige Kombination hatte er in dieser Perfektion irgendwann schon einmal gesehen.

Dann fiel es ihm wieder ein. Konnte es denn tatsächlich wahr sein, dass ...? Bei diesem Gedanken flackerte in Grafs Gesicht ein zaghaftes Lächeln auf.

Von Speers Gesicht waren inzwischen nur noch Einzelteile übriggeblieben. Jäger ließ den malträtierten Schädel auf den Waldboden fallen, hob seinen Kopf und starrte seinen verbliebenen Gegner aus blutunterlaufenen Augen an.

Graf schnaufte lautstark. Erwiderte Jägers Blick ... und krempelte die Ärmel hoch.

Zeit fürs Finale, dachte er.

49

Graf grinste ihn unverhohlen an. Seelenruhig sah er zu, wie Jäger ein Büschel Gras ausriss und sich damit das Blut von seinem Gesicht abwischte. Schon während seines kurzen Kampfes mit dem Muskelprotz, der – wie sich herausgestellt hatte – zwar genügend Masse, aber viel zu wenig Hirn besaß, war ihm der warme rote Saft ständig in die Augen getropft. Das hatte ihn für den Fight mit Speer vielleicht nicht zu sehr behindert, doch nun, für den Endkampf mit diesem Tier, benötigte er freie Sicht. Hätte er sich doch bloß nicht den Colt aus der Hand schlagen lassen – dem Leitwolf würde das Blei jetzt aus allen Poren schießen.

Jäger richtete sich auf und trat bis auf Schlagdistanz an ihn heran. Auch wenn Graf größer und sehr viel schwerer war als er, Jäger würde diese in die Jahre gekommene Mörderpuppe ein für alle Mal ins Nirwana prügeln. Der Tag der Abrechnung war tatsächlich da. Der Moment, den Jäger all die Zeit herbeigesehnt hatte.

»Der Türke, richtig?« Graf nahm den rechten Fuß zurück und ging als Linksausleger in Kampfstellung. »Ihr seid Freunde, oder?« Er wippte ein paar Mal zur Lockerung auf und ab. Dann fasste er sich mit gespielter Scham an die Stirn. »Ach, entschuldige. Ihr *wart* Freunde. Ich vergesse das immer: Den Kanaken hab ich ja platt gemacht.« Sein Lachen ploppte wie Popcorn in der Pfanne. »War aber auch zu einfach.«

Als hätte ihn sein brodelnder Hass eigenhändig in die Luft gehoben, schnellte Jäger aus der offenen Stellung in die Höhe und schoss Graf mit einer gesprungenen Geraden entgegen.

Der Leitwolf wich im letzten Moment aus. Beugte seinen Oberkörper und sprang einen Schritt zur Seite. Jäger rauschte an ihm vorbei, blieb am Boden an einer Baumwurzel hängen und stolperte auf die Knie. Ein kraftvoller Tritt in seinen Rücken streckte ihn bäuchlings nieder.

Noch bevor er sich wieder aufraffen konnte, presste Graf einen Fuß auf Jägers Hinterkopf und bohrte ihn in den Schlamm. Während er mit dem Gesicht im Morast nach Luft japste, verschluckte er sich und würgte den Matsch mit aller Kraft herunter. Jeden Augenblick drohte er zu ersticken. Seine Kraftreserven strömten aus ihm heraus wie Luft aus einem löchrigen Ballon.

Nein!, befahl er sich. So sollte sein Leben nicht zu Ende gehen. Er musste sich aufraffen! Für Ayhan. Für Gizem.

Mit einem Scherenschlag fegte Jäger seinem Kontrahenten das Standbein weg. Der Leitwolf stolperte nach hinten, und jetzt war Jäger wieder frei. Aus den Armen drückte er sich nach oben und spuckte eine Mischung aus Schlamm, Blut und Erbrochenem aus.

Als er sich nun herumdrehte, konnte er gerade noch den seitlichen Stoßtritt erahnen, der in Solarplexus-Höhe auf ihn zusauste. Mit einem Ausfallschritt sprang er zur Seite. Graf, der mit dieser Reaktion nicht gerechnet hatte, ließ seinen Blick in der Dunkelheit umherirren.

Jäger zögerte nicht und ergriff die Gelegenheit zum Kontern. Verpasste dem Leitwolf zwei präzise Lebertreffer, durch die der zusammenfuhr wie eine Ziehharmonika. Drehte seinen Oberkörper so weit wie möglich ein und ließ sein gestrecktes Bein aus der Hüfte zu einem Fersentritt nach vorne schnellen. Seine Fußspitze rauschte nur Millimeter an Grafs Kopf vorbei.

Doch damit hatte Jäger nur den schlafenden Bären geweckt. Der Leitwolf schüttelte die beiden Treffer ab wie Wassertropfen von einer Regenjacke. Riss die Arme zur Deckung hoch, und mit einem Kampfschrei, der einmal von Kopf bis Fuß durch Jägers Körper fegte, stürmte er los.

Es folgte eine wuchtige Schlagkombination, wie sie Jäger noch nie getroffen hatte. Graf warf seinen Körper in jeden einzelnen Punch, als ob sein Leben daran hing, und so prasselten seine Fäuste auf Jägers Gesicht ein wie riesige Hagelkörner während eines Unwetters. Lange würde er diesem Sturm nicht standhalten. In großen Schritten stolperte Jäger nach hinten.

Wie aus dem Nichts baute Graf einen ansatzlosen frontalen Stoßtritt ein. Jäger konnte gerade noch die Arme zur Abwehr vor seinem Unterleib kreuzen, als der Leitwolf sein Bein schon wieder zurückschnappen ließ, seine Hüfte eindrehte und ihn mit einem seitlichen Tritt mitten im Gesicht erwischte.

Jäger geriet ins Taumeln. Erkämpfte sich mit Mühe etwas Kontrolle zurück, als plötzlich ein brutaler Axe-Kick wie ein Beil auf ihn herab stürzte. Noch im Fallen zertrümmerte die immense Wucht sein Schlüsselbein. Brennende Schmerzen breiteten sich in seinem Körper aus und vernebelten ihm die Sicht. Jäger schlug so hart auf, als wäre er wie ein Amboss aus zwanzig Metern Höhe zu Boden gerauscht.

50

Als Erstes erkannte er wieder die Umrisse des Körpers, der auf ihn zurollte wie eine Dampfwalze. Dann den weit aufgerissenen Mund, aus dem dumpfe Laute drangen, und schließlich, als nur noch ein knapper Meter zwischen ihnen lag, die unverkennbare Narbe.

Ein stechender Schmerz durchdrang seinen Brustkorb. Jäger tastete zu seinem Schlüsselbein und fühlte, dass unterhalb des Kehlkopfes ein Knochensplitter obszön aus seinem Hals herausragte. Blut schoss in Wellen seine Kehle hinauf.

Mit den Knien voran stürzte Graf auf ihn zu. Dank seines Gewichts gelang es ihm, Jäger ohne große Anstrengung am Boden zu halten. Wie eine Krause umschlossen seine Pranken den Hals seines Opfers und schnürten ihm die Luft ab.

Jäger war zu schwach, dem noch etwas entgegenzusetzen. Seine kraftlosen Arm- und Beinschläge fühlten sich an wie die letzten Zuckungen eines Todgeweihten. Während der Leitwolf ihm weiter die Luft abdrückte, fixierte er ihn mit murmelgroßen Pupillen.

Jäger schloss die Augen. In Gedanken fand er sich nun damit ab: Sein Ende war gekommen. Hier, im Sumpf seines eigenen Blutes liegend, sollte der Knochenmann ihn also holen kommen. Jäger verstand, dass es keinen Sinn mehr ergab, sich dem noch länger zu widersetzen ... und gab auf.

Doch dann tauchte auf einmal wieder Ayhans Gesicht in seiner Vorstellung auf. Dieser letzte, verzweifelte Blick, der ihm, Jäger, gegolten hatte, und mit dem die beiden Freunde voneinander Abschied genommen hatten. Dazu Grafs triumphierendes Strahlen, als er zum Sieger durch K. o. erklärt worden war. Der daraus entstandene Hass, der Jäger wie ein Motor jahrelang vorangetrieben hatte.

Und Gizem. Das Leuchten ihrer mandelbraunen Augen. Ihre dicken, dunklen Haare, auf denen sie so gerne herumgekaut hatte, und durch das Jäger immer liebevoll mit den Fingern gestrichen war, während sie neben ihm geschlafen hatte. Ihr gutmütiger Blick, der ihn so oft hatte schwach werden lassen, und ihr Mund, der für ihn pure Sinnlichkeit gewesen war. Jäger hätte wirklich alles gegeben, um sie noch ein letztes Mal zu sehen.

Nun sollte es nicht so sein. Jäger ließ los.

Seine Arme erschlafften. Während sie neben seinem Körper ins Gras sanken, streiften seine Finger einen kantigen Gegenstand. Kraftlos tastete Jäger ihn ab, erfühlte die Umrisse: Ein unförmiger Gegenstand, war er gerade noch in der Lage wahrzunehmen, etwa zehn Zentimeter in der Länge und etwas weniger in der Breite, mit spitzen Enden und scharfen Kanten. An einer von ihnen schnitt Jäger sich tief in den Finger. Der kurze, stechende Schmerz ließ ihn begreifen: Es handelte sich um eine Glasscherbe. Vielleicht die Überreste einer zerschlagenen Bierflasche?

Jäger stemmte sich gegen die Schmerzen in seinem Brustkorb und griff nach der Scherbe. Packte sie mit letzter Kraft, hielt sie wie ein Messer und schnitt sich dabei so tief in die Hand, dass sie ihm wegen des vielen Blutes beinahe wieder aus der Faust glitt. Er holte tief Luft, kratzte sämtliche Reserven zusammen und stieß mit geschlossenen Augen dahin, wo er den Hals seines Angreifers vermutete.

Jäger spürte den Aufprall. Bohrte die Scherbe so fest wie möglich in Grafs Körper, sodass das kantige Glas noch tiefer in sein eigenes Fleisch schnitt, bis auf die Knochen. Es fühlte sich an, als hätte er damit seine Hand glatt in zwei Hälften geteilt.

Augenblicklich ließ der Druck an seinem Hals nach. Mit einem lauten Schrei, der Jäger wie aus weiter Ferne vorkam, taumelte Graf von ihm herunter. Jäger wuchtete seinen Oberkörper hoch und öffnete mühsam seine Augen.

Der Leitwolf kauerte am Boden und zuckte. Immer wieder ging sein unkoordinierter Griff zum Hals. Die Glasscherbe steckte tief darin, wie ein Zaunpfahl im Gras. Blut schoss ihm aus Mund und Nase, als hätte man ein Hochdruckventil geöffnet.

Dann wurde alles um Jäger herum dunkel.

EPILOG

Noch immer bereitete ihm das Schlucken große Schmerzen. Trotzdem tat der erste Whiskey des Tages seinen erhofften Dienst. Jäger kippte ihn in Etappen herunter und weckte so seine Lebensgeister. Genoss, wie die wohlige Wärme seine Kehle benetzte, und gestattete diesem Gefühl in seinem Geist einen gebührenden Nachhall. Mit einem kleinen Rest, der noch den Boden bedeckte, stellte er das Glas auf dem Beistelltisch ab und sah hinaus auf das Meer, das sich an diesem Morgen von seiner besonders stürmischen Seite präsentierte.

Seit etwas mehr als drei Wochen war er wieder hier, an der Bahía Feliz. Zurück an dem Ort, wo er hingehörte. Das war es, was ihm der Einsatz in Kassel deutlich vor Augen geführt hatte. Hier war sein Leben. Einsamkeit, Ruhe … und das befreiende Gefühl, weit von Deutschland und allem, was er mit seiner Heimat verband, entfernt zu sein.

Trotz betäubender Schmerzen, die seine Schritte zu einem Gang durchs Höllenfeuer werden ließen, war Jäger durch den nachtschwarzen Wald geirrt. Erst nach stundenlanger Quälerei stieß er auf eine schmale, unbeleuchtete Straße. Er folgte ihr, bis er endlich zu einer Tankstelle gelangte, die glücklicherweise bereits geöffnet hatte. Mit letzter Kraft schleppte er sich durch die Tür und brach direkt vor dem Regal und den Augen des Kassierers zusammen. Zum zweiten Mal innerhalb weniger Stunden verlor er das Bewusstsein.

Als Nächstes wachte Jäger dann auf der Station des Elisabeth-Krankenhauses auf. Die Ärzte berichteten ihm von der Notoperation am Schlüsselbein, die sie noch in derselben

Nacht an ihm vorgenommen hatten. Als Jäger die Begriffe *winkelstabiles Plattensystem* und *TEN-Nägel* hörte, kam es ihm vor, als hätten die Ärzte nicht von einem Menschen, sondern von einem Cyborg gesprochen.

Frühestens in drei Monaten – so die Prognose der Weißkittel – sollte das ganze Metall wieder entfernt werden. Da Jäger die Langeweile jedoch nicht lange ertrug, drängte er bereits nach einer Woche auf seine Entlassung. Als er das Krankenhaus verließ, hatte er schon seit neun Tagen keinen Schnee mehr gezogen.

Vom Ausgang der Operation *Wolfsgarten* erfuhr Jäger aus der Presse. David Wächter, der Politik-Redakteur der HNA, fasste die Ereignisse in einem Übersichtsartikel zusammen: Sowohl Robert Haas und dessen Kollegen vom Dezernat *Rechtsextremismus* des hessischen Verfassungsschutzes als auch sämtliche Polizisten des Sondereinsatzkommandos waren bei der Detonation ums Leben gekommen. Die gewaltige Explosion hatte das Waldstück, längere Abschnitte der Holländischen Straße und sogar Teile des Flughafens so massiv zerstört, dass das Gebiet nun einer Mondlandschaft glich. Als Sprengstoff war auch diesmal wieder *Amatol* eingesetzt worden, ganz wie beim Attentat während des Sommerkonzerts.

Die zweite bedeutsame Meldung der letzten Tage war ein rätselhafter Leichenfund, der außerdem Licht ins Dunkel der polizeilichen Ermittlungen rund um die Anschläge brachte. Ein ortsunkundiger Fremder aus Thüringen, der es sich zum Ziel gemacht hatte, möglichst viele deutsche Mittelgebirge zu erkunden, hatte sich auf seine Tour im Reinhardswald nicht genügend vorbereitet und daher dort verirrt. Abseits des Wanderweges fand er vier übel zugerichtete männliche Leichen, die als sterbliche Überreste von Tino Vogel, Björn Ritter, Niklas Stahl und Lutz Graf identifiziert werden konnten. Bei der darauffolgenden großflächigen Geländedurchsuchung durch die Bereitschaftspolizei, stießen die Beamten auf mehrere Hinweise, die eine Verbindung der Toten zu den Attentaten in Vellmar, vor der Orangerie und jetzt am Flughafen offenbarten. Mehrere, offenbar in monatelanger Arbeit hergerichtete und exzellent getarnte Lager, mit unterirdischen Schlafkojen, Kochplätzen und riesigen Essensvorräten. Vor allem aber diverse Unterlagen, wie den Gebäudeplan der Vellmarer Mehrzweckhalle, Panorama-Fotos der Orangerie sowie Luftaufnahmen des Caldener Flughafens und seiner Umgebung. Die Ermittlungsbehörden hatten bereits eine Sonderkommission ins Leben gerufen, um zu ermitteln, inwieweit die Toten tatsächlich für die Anschläge verantwortlich zeichneten.

»Auch diesmal können wir nur eines tun: Auf das Ergebnis der Untersuchungen warten«, kommentierte David Wächter. Die Fahndung nach der unbekannten Person, die – wie die Polizei mutmaßte – die Männer in einem brutalen Kampf übel zugerichtet haben musste, lief ebenfalls auf Hochtouren.

Nachdenklich wanderte Jägers Hand zu seiner Kette. Dann griff er nach dem Umschlag, den Gizem an der Theke des Fitness-Studios für ihn hinterlegt hatte. Bis zu diesem Tag hatte er sich nicht getraut, ihn zu öffnen. Er zog die Lasche heraus, tastete hinein und schluckte, als er den Inhalt erfühlte: Mitsamt des Amuletts fischte Jäger die Kette heraus und las sich die Nachricht leise vor.

»Lieber André. Morgen fliege ich zum Heiraten in die Türkei. Ich hoffe so sehr, dass Du mich verstehen kannst. Für mich gibt es einfach keinen anderen Weg, die Vergangenheit hinter mir zu lassen. Das ist es, was ich mir wünsche: Weiterzumachen. Mein Leben zu leben.« Bei den letzten Zeilen stockte Jäger der Atem. »Trotzdem werde ich unsere Liebe in besonderer Erinnerung behalten. Denn ich weiß, dass sie es ist, die uns immer verbinden wird.«

Wieder fuhr Jägers Hand an seinen Hals. Bedächtig öffnete er den Verschluss seiner Kette, streifte sie ab und verstaute sie zusammen mit dem Gegenstück und der Nachricht zurück in dem Umschlag.

Dann tastete er zu dem Beistelltisch. Nahm sein Glas und kippte den noch verbliebenen Schluck Whiskey hinunter. Schloss die Augen und streckte sein von den Kämpfen gezeichnetes Gesicht der Sonne entgegen, die ihre ersten, wärmenden Strahlen vom kanarisch blauen Himmel auf die Küste niedergehen ließ. Auf seinen Lippen bildete sich ein zaghaftes Lächeln.

Iki gönül bir olunca samanlik seyran olur.

Wenn zwei Herzen eins sind, wird die Scheune zum Palast.

Danksagung

Obwohl ich unzählige einsame, aber freudvolle und erfüllende Stunden in diesen Roman investiert habe, ist er wie jedes literarische Werk mitnichten nur ein Produkt meiner eigenen Leistung. Ohne die intensive Unterstützung durch Familie, Freunde und Bekannte, wäre dieser Roman niemals zustande gekommen. Euch allen, die ihr mir eine wichtige Stütze seid und bei der Umsetzung des Buches auf unterschiedliche Art und Weise mitgewirkt habt, gebührt mein aufrichtiger Dank.

Namentlich erwähnen möchte ich außerdem Christopher Vogel vom Mobilen Beratungsteam Hessen, der mir bei einem ausführlichen Interview und reichlich Kaffee Rede und Antwort gestanden und mich über die rechte Szene in Kassel aufgeklärt hat. Auch allen weiteren Personen, die mir im Zuge meiner Recherchen zwar unter die Arme gegriffen haben, jedoch nicht persönlich genannt werden möchten: Danke!

Aber auch beim Prolibris Verlag möchte ich mich ausdrücklich für die Chance, diesen Roman zu veröffentlichen, bedanken. Ebenso wie bei meiner Lektorin, die mit ihrer Engelsgeduld, ihrem Adlerauge und ihrem scharfen Sinn für Humor mir geholfen hat, den Text stimmig zu gestalten.

Ohne diejenigen, die hier namentlich oder anonym Erwähnung fanden, wären wir Autoren – gelinde gesagt – ganz schön aufgeschmissen.

Daniel Wehnhardt
Kassel, im Februar 2018

Weitere Kassel-Krimis bei Prolibris

Wolf S. Dietrich
Letzter Abflug Calden
Paperback, 232 Seiten, ISBN 978-3-935263-09-2

Wolf S. Dietrich
Die Tränen des Herkules
Paperback, 213 Seiten, ISBN 978-3-935263-27-6

Wolf S. Dietrich
Weinbergbunker
Paperback, 230 Seiten, ISBN 978-3-935263-57-3

Klara G. Mini
Trau deinem Zwilling nicht
Paperback, 207 Seiten, ISBN 978-3-935263-54-2

Klara G. Mini
Künstlerdämmerung
Paperback, 252 Seiten, ISBN 978-3-95475-149-5

Horst Seidenfaden/Frank Thonicke
Fullewasser
Paperback, 93 Seiten, ISBN 978-3-935263-43-6